夏の塩

魚住くんシリーズ Ⅰ

榎田ユウリ

角川文庫
18654

目次

夏の塩

どんな奴にでもひとつくらいの取り柄はあるものだな——魚住《うおずみ》を見ながら、久留米《くるめ》は思った。

起き抜けの魚住は、焦げすぎたトーストを半分眠っているような顔で食べている。いくらなんでも炭素化しすぎたので捨てようと思ったのだが、ためしに魚住の皿に載せてみたら食べ始めたのだ。まるで機械じかけのように躊躇《ちゅうちょ》なく。

大学時代からの友人である魚住真澄《ますみ》が、久留米のアパートに転がり込んできて三日が経つ。その間に魚住が食べ物に関して不平不満を言うことは一切なかった。出されたものを嫌いだと拒否することもなく、それ以前に空腹を訴えたことすら皆無だった。二十五歳の健康な成人男子とは思えないほど、食べ物に執着のない奴である。

久留米は金もないし、料理のセンスはもっとないので、ろくでもない食事が続いている。だが、伸びたラーメンの中に冷や飯をぶち込もうと、サンドイッチの具がマヨネーズだけだろうと、そのパンに若干のアオカビが付着していようと、魚住はなんのコメントもなく口に運ぶ。その姿は修行中の雲水《うんすい》が粥《かゆ》でも食しているかのようだ。レストランのショーケースに飾ってあるロウ細工でも、こいつなら食べるかもしれない……と久留米は思った。

「おまえ、それ、苦くない？」

「べつに」

「ジャムぬれば？　ほれ、イチゴジャム」

「いい」

珍しい久留米の世話焼きに、魚住はうるさげに眉間《みけん》に皺《しわ》を寄せた。神経質そうなその顔には魚住特有の色気がある……と評していたのは、やはり学生時代の共通の友人であるマリだった。

「魚住は笑っている顔より、悩んでいる顔のほうがイイのよ」

だそうだ。

その時はそんなもんかねと思っただけだったが、黒いトーストを食べながら（死にそうに人生つまらない）という顔をしている魚住は確かに秀麗だ。野郎の顔になど、基本的に興味のない久留米ですらそう思う。

眉《まゆ》や鼻筋のラインが描いたように整っている。やや色素の薄い瞳《ひとみ》。睫毛《まつげ》は長い。身体つきはカリンと痩《や》せていて地に足がついていない印象があり、全体的になんとなく植物のような風情の男である。

一見、おとなしく人畜無害のようだが、性格はいかんせん問題を孕《はら》んでいた。

子供のような頼りなさと、人並み以上の図々《ずうずう》しさが、ひとつの人格に同居しているのでややこしい。その危うい、バランスが女たちを惹《ひ》きつけるのかもしれない。久留米の記憶では、大学時代の魚住はいつも違う女をはべらせていた。

こいつはおれの知っている中で、一番顔が良くて、一番性格の歪《ゆが》んだ男だな——具合よく焼けた自分のトーストを齧《かじ》りながら思う。

魚住は口のまわりに黒いカスをつけたまま、子供番組をぼんやりと見ている。ガチャピンが好きらしい。久留米がニュースに替えてしまうと、あぅ、と情けない声を出す。なんにしろ、今日も暑くなりそうである。

「おまえ、学校行かないの？」

ものの五分で朝食を終え、曲がったまま壁にかかる鏡の前で、久留米は尋ねた。この鏡は真っ直ぐにしてもすぐに元通り曲がる。壁のほうに問題があるのかもしれない。

「ださいネクタイ……」

まだ顔も洗っていない魚住が返事の代わりに呟《つぶや》いた。

「余計なお世話だ。おれだって好きでネクタイしてるわけじゃねえよ、このクソ暑いのに。だいたい」

「こっちのほうが、好き」

幽霊みたいな足取りで魚住は近づき、針金のハンガーにかかっている中からちいさな水玉柄のネクタイを取って久留米の襟元にあてる。

「おまえみたいに呑気《のんき》に大学院まで行ける身分じゃないんだからおれは。食ってくためには身を粉にしてだな」

「……ほらね」

「働かなきゃならんサラリーマンのツラさが学生のおまえに」

「こっちにしなよ」

「そうか？」

魚住は神妙な顔で頷《うなず》き、フラフラと狭い部屋を一周したかと思うと、

「さー、てー、と」

と呟き、再びスルリと布団に入ってしまう。

「学校に行かないんだったら、たまには部屋の掃除くらいしとけよな」

「こんな汚い部屋、掃除するだけ無駄だよ。もうヤニだらけだもん」

「悪かったよ、汚くて」

それこそ余計なお世話である。

じゃあさっさと自分のマンションに帰りゃあいいんだと、今夜戻ったら言ってやる。いまは時間がない。久留米は鞄《かばん》をひっ摑《つか》んで飛び出すように出ていく。

木造アパートの廊下は久留米がドタドタ走ると床が抜けそうに軋《きし》み、隣の部屋のインド人が不安そうにドアから顔を出した。


「インド人てさ、毎日カレー食べてて飽きないの？」

「インド人てさ、ウンコのあと、指で尻《しり》拭《ふ》くんでしょ？」

「インド人てさ、みんな道で寝てるんだよねぇ」

これら魚住の暴言に対し、静かな笑みを湛《たた》えるサリームに、久留米は思わず手を合わせたくなる。日本人がみな、かくも失礼な奴だと思わないでほしいと願うばかりだ。

「おまえいい加減にしろよ。そのうちインドって北九州にあるんだっけとか言いだすんじゃないの？　大学院までなにしに行ってるわけ？」

「べんきょう」

「一生勉強してろ。社会に出てくんなよ。迷惑だからな」

「魚住さんは、どんな勉強してらっしゃるんですか？」

サリームの丁寧な日本語に擽《くすぐ》ったげに首を傾げて魚住が答える。

「えっと、細菌学」

サリームの部屋は、久留米と同じ台所つき六畳間とは思えないほど綺麗《きれい》に整頓《せいとん》されていた。学生らしく簡素で無駄なものがない。チェストの上に飾られた家族の写真が彼の人柄を表している。魚住はもちろん、久留米もこの部屋に入ったのは初めてだった。仕事から帰ってくるなり、魚住が唐突に、

「隣のインド人とこに遊びに行こう」

と言いだしたのだ。

今日の日中に、階段で転びそうになったところを助けてもらったらしい。

「隣のインド人ね、日本語喋《しゃべ》れるんだよ」

得意そうに言う。おまえが得意がってどうするんだよと久留米は思う。

だいたい、そんなことでいきなりトモダチ面されては、隣のインド人だって迷惑なのではないか？　魚住は相手の都合を考えずに、思いつきで行動することがままある。あるいは本人にはそれなりの考えがあるのかもしれないが、周りには理解できないのだから同じことだ。厄介な奴だが、久留米は魚住のそういう性質を多少面白くも思っていた。それくらいの度量がないと魚住とはつきあえない。

そして隣のインド人も、心の広い青年であった。

「僕はイギリス国籍で、母は日本人です。父方の祖母がインド人で、七歳まではインドとイギリスを行ったり来たりしていました」

サリームは人懐こい笑顔で語る。

「魚住さんの質問、とても素直です。子供によく同じこと聞かれます。まず、インドのカリーは大変種類が多く、家庭ごとにレシピが違いますからそう飽きるものではないです。日本のお味噌汁《みそしる》みたいなものかな。それとインドでは確かにお尻を指で拭く慣習があります。指を洗う水も用意されてます。ただし必ず左手です。宗教上、左手は不浄なものとされていますので。世界的にはトイレでペーパーを使い、水で流せる設備を持つ国は多くないんですよ。豊かな国だけですね。インドはまだ貧しく、しかも人間が大変多いです。道で暮らす人たち、たくさんいます。また、道で死んでいく人たちもね」

「道で死ぬのか……なんかカッコイイな」

そんな台詞《せりふ》を零《こぼ》せるのは、魚住が道で寝たことすらないからだろう。

「じゃあおまえ道で死ねば」

「そしたらおまえかたづけてくれる？」

「やだね」

即答すると、魚住が情けない顔をする。益体もないやりとりを聞きながら、サリームはインド式の香辛料入りミルクティーを淹《い》れてくれた。暑いのでアイスのほうが嬉《うれ》しいのだが、久留米はそれを口に出すほど図々しくなかった。

「僕はいま大学に通っていますが、みんなとても恵まれていますね。住んでいるところも快適だし……日本の学生は幸せです。僕も母が日本人でラッキーだったと思います」

久留米は鼻を寄せてミルクティーの匂いを嗅《か》ぐ。

「これ、シナモンだよな」

「そうです。本当はもっといろいろなスパイスが入ると本格的なんですが。カルダモンとかナツメグとかね。でも日本ではスパイスが高いです」

魚住がカップを覗《のぞ》き込みながら、角砂糖をポチャンと落とす。砂糖はみるみるうちに紅茶を吸って、崩れながら沈んでいく。

「こいつのマンションなんか、スゲーもんなァ。なにしろ分譲だしな。わかる？　サリーム、分譲よ、分譲」

久留米に襟首を摑まれて魚住は乱暴に揺さぶられた。とくに抗《あらが》うこともなく、ネコのようにグニャグニャと揺れている。

「家賃を払っていないということですか？　もう、魚住さんのものということ？」

「そう。ボンはいいよなぁ。二十五にもなってガクセイやって家賃の心配もなくて」

グニャグニャしながら魚住が、酔っちゃうよぉ、と呟いた。久留米は襟から手を放す。

「なのに、おまえいつまでおれんとこにいるつもりなの」

久留米の問いにサリームがフンフンと頷いている。

魚住はなにも聞こえなかったように黙ったまま、三個目の角砂糖を紅茶に入れて熱心にかきまぜた。三人が黙るとテレビすらないサリームの部屋はひどく静かで、アパートの外で酔っ払いが環境保護演説をしているのが聞こえた。


マリは魚住の白衣姿が一番好きだ。

だから大学の敷地内でまさしくその格好の彼を発見した時、しばらく声をかけずに観察することにした。無造作に袖《そで》を捲《まく》り上げた白衣は、魚住には少し大きいらしくて肩線が合っていない。それが痩《や》せた身体を強調し、フラリフラリという魚住流の歩き方とあいまってなんとも浮世離れしている。

魚住はマリの立っている方向へ進んでいるのだが、こちらに気がつく様子はない。周囲に注意をはらって歩いたりできないのだ。だから大の大人にもなってよくすっ転ぶ。

マリは転ぶ魚住も可愛くて好きだったが、今日はそうはならなかった。

ロングサイズのメンソール煙草をバッグから取り出して、火をつける。もうすぐそこまで歩み寄っている魚住に向かってわざと煙を吹きかけてやる。

「マリちゃん」

魚住がやっと気がついて、顔をしかめた。

「ここ禁煙だよ」

そんなことは百も承知よ——マリは胸中で呟《つぶや》いた。魚住の『眉間《みけん》に皺《しわ》』が見たかっただけなのだ。煙草を赤く染めた爪先《つまさき》に挟んだまま、両腕を大きく広げてオーバーアクションに魚住を抱きしめる。されるままの魚住が、

「ねえ、ケムい」

と静かに言う。マリはウフフと吐息で笑った。

魚住の仕事が終わるのを待ち、ふたりは麴町《こうじまち》のインド料理屋に赴いた。

エキゾチックな店内を、魚住は珍しそうにきょろきょろと見ている。

マリは何種類ものカレーを注文した。鶏肉《とりにく》のカレー、羊肉のカレー、豆の、野菜の。

「ここのは日本人向けにしてないから辛いんですって」

「じゃあサリームを呼んでやればよかった」

「だれ？」

「久留米の隣の部屋のインド人。あ、違う。イギリス人だけど、インド人に見える人」

「ハーフなの？」

「クオーター。おばあちゃんがインド」

「国際的ねぇ」

隣のテーブルの若い男がマリのほうをチラチラと盗み見ている。その派手な容貌《ようぼう》や、極端に短いスカートが気になるらしい。

「マリちゃん、仕事休みなの」

「うん」

「お店出ない日も、そういう短いスカートはくんだね」

「うん、好きなの。女の子の脚って、見られてると細くなんのよ」

「へえ。そうなのか」

「ウソよ。最初っから細いからミニはけんのよ。そしてますます細くなる。最初からブタ脚じゃ、見せられないわ。そしてますます太くなる。世の中とはそうしたもんよ」

大きな金のピアスを揺らしながらマリが笑う。流し目をひとつ、隣のテーブルに放り投げてやる。そのテーブルの男の連れの女がトイレから戻ってきた。小さな会話が漏れ聞こえる。「水商売でしょ」という女の台詞を、マリは気にしない。本当に水商売なのだから文句はない。

煙草を銜《くわ》えて魚住に尋ねた。

「で？　あっちのほうは？」

ちょうどその時、最初のカレーが運ばれてきた。

マリは火をつける寸前だった煙草を灰皿に置き、カレーを魚住のほうへ押しやった。小ぶりで深さのある銀色の器に、暗い色のカレーが沈んでいる。肉の破片らしきものがいくつかの隆起を作っていた。魚住は無表情なまま食べ始め、規則正しく三回スプーンを口に運ぶ。視線を泳がせ、少しだけ首を傾げた。そして皿をマリのほうへ移動させる。

マリが一口食べた。

「うわ、からい……マトンだわ。一番辛いのよぅ、これ」

「そうか。辛いのか」

魚住が感心したように言う。

「お客さん、水飲んじゃダメね。もっと辛くなって食べきれなくなるよ。最後にヨーグルト食べる。口の中サッパリする」

次の皿を運んできた浅黒い肌の従業員がそう言った。マリは素直に従って、コップに伸ばしかけていた手を引っ込める。

「変化なしね」

従業員が去ると魚住に言った。

「うん」

「全然、辛くない？」

「カレーだってわかってるから……多少そんな気もするんだけど」

魚住は続けて違う皿のカレーを食べたあと、片方の眉《まゆ》だけを上げて、

「うん。全然違いがわかんない」

と言った。

マリは腰を浮かして、テーブル越しに魚住の頬に触れる。魚住は目の前に揺れる、少し傷んだ茶色い髪をぼんやりと見つめる。

「可哀相な子」

マリが聖母の声音で呟いた。


ドアを開けた途端、赤いパンプスが視界に飛び込んできた。

久留米は眉を歪《ゆが》ませてそれを睨《にら》む。明かりをつける。見渡すまでもない狭い部屋の中で、魚住が女とくっついて眠っていた。脱力感が久留米を襲う。

——人が仕事して帰ってきてみりゃあ……

蹴《け》るように靴を脱ぎ、ドスドスと布団に歩み寄った。

「おい」

自己音域最低の声が出た。魚住が眩《まぶ》しそうに目を開ける。

「ア、おかえりぃ」

父親を見つけた子供みたいな顔をされ、久留米は続くべき罵倒《ばとう》の言葉を失い、つい、

「……まだ八時だぞ」

と言ってしまった。だが布団の中のもうひとりを確認した時、今度こそ腹からの大声を張りあげた。

「おい！　これ、マリじゃないか！」

その声にビクリとマリが目を覚ます。

「ああ、ビックリしたぁ……久留米、おかえり、ごぶさたァ」

布団の中に並んでいる寝ぼけ顔を前に、久留米は営業鞄《かばん》を抱きしめたまま立ちつくしていた。


「マリさん、インド式ティーの味はいかがですか？」

「美味《おい》しい。チャイっていうんでしょ。甘くてスパイシーで、元気になれそう」

「インドは暑いですからね。食べ物が腐らないよう、スパイスが発達したんでしょう。イギリスの繊細なティーもいいですけど、チャイも懐かしい味がします」

さっきから喋《しゃべ》っているのはマリとサリームばかりだ。魚住はいつものとおりぼんやりしているし、久留米は頑《かたく》なに無口だった。

「久留米さん、具合でも悪いんですか。全然喋りませんね、今日は」

「……腹が立ってる」

「怒っているのですか？　なぜ？」

久留米の頭に血が上ってるのは、クーラーもない狭い部屋に四人も詰め込んでいるからではない。こんな状況でサリームを呼んでお茶談義なぞしている、魚住やマリのツラの皮の厚さが気に食わないのだ。関係のないサリームの前でするべき話ではないと考えていたが、こういう場合、第三者がいたほうがいいのかもしれない。久留米が魚住に殴りかかった時に、止めてくれる人間が必要だ。もっとも、いまだかつてこんな薄べったい男を殴ったりしたことはない。

「あのなサリーム。さっきおれが帰ってきたら、あろうことか居候が女を引っ張り込んで寝てたんだよ」

「ねてた？」

「スリープよ。メイクラブじゃなくて」

マリが補足した。久留米はマリを見ないで続ける。

「しかもその女は、昔おれとつきあってた」

「そんなこともあったわねぇ」

しみじみと言い、頷《うなず》く。魚住は無頓着《むとんちゃく》な表情のままだ。まだ眠いのか、小さく欠伸《あくび》をした。まるで他人事《ひとごと》という態度がますます気にくわない。

サリームはしばらく考えてこう言った。

「整理しましょう。……まず、魚住さん。久留米さんの部屋でマリさんとメイクラブしたのですか？」

「してないよ」

久留米がフンという顔をする。サリームはマリに同様の質問を繰り返す。

「してないわ。あたし魚住とセックスしたことないわ」

「と言っています。久留米さん」

「どうだかな。サリームは知らないからな。魚住の女癖の悪さは大学じゃ有名だったんだぜ。おれの知ってるだけで二十人はやられてるな。女の子たちの間じゃ、こいつは人でなしと言われてたんだ」

「そうなんですか？」

サリームが魚住を見る。魚住は素直に答える。

「うん。タラシとか女の敵とか」

「すごかったわよね。あの頃の魚住は」

「でもマリさんとはしてないのですね」

「マリちゃんは久留米の彼女だったし」

「友達の恋人には手を出さないのですね」

「友達少ないから、おれ」

「性格が悪いからだ」

「性格が悪いんじゃなくて、バカなだけよ魚住は。それにこの子、ウソつかないわ」

それは久留米も知っていた。魚住という男には、嘘がつけるほどの器用さはない。

「おれ、本当にしてないよ、久留米」

「……してたとか、してないとかじゃねえよ」

久留米が投げやりに答える。この男にそういうモラルを説いてみても始まらないのは承知していた。

「だいたい、他人の家なんだからな。やたらと女なんか」

「おれ不能なんだもん」

久留米の台詞《せりふ》を無視して魚住がそう言った。久留米は瞬間、言葉を失う。

「なに言って……」

「おれ、二年前からインポなんだよ」

いつも通りの顔で、魚住は静かに繰り返した。久留米もサリームも、どう返答したらいいものやら言葉に詰まっている。マリだけが煙草に火をつけながら「あらまあ」と目を丸くし、続けてアハハハと笑った。

どうにも、獣臭い。

当然だ。ここは動物園なのだから。

四人分の入場料を払いながら久留米は顔をしかめた。

「なんだって、この歳になって上野動物園なんだ。貴重な休暇を使わせやがって……」

「久留米ってノスタルジーのわかんない男よね」

マリは動物園の家族的雰囲気ぶち壊しの装いで、赤いピンヒールをカツカツ鳴らす。

「臭いよなぁ、動物園って。おまえが動物園好きだなんて知らなかったぞ、魚住」

「おれ、においわかんない」

「においがわかんないから、味がわかんないのかしらね？」

「全然わかんないのかよ？」

「……たまに、一瞬におったりするんだけど」

「なに出しても食うはずだよな……おまえにしちゃあ感心するほど好き嫌いがないから、ヘンだと思ってたんだ」

「もともと好き嫌いはあんまりないよ」

「ねえ、サリームは？」

エナメルのポシェットをぶんぶん振り回しながらマリが聞いた。

魚住が言いだした動物園ツアーだったが、強力に賛同したのはサリームだった。まだ日本の動物園に行ったことがないという。

サリームがポップコーンを抱えて、小走りに戻ってきた。四人並んで動物園に入る。家族連れの視線が無遠慮に彼らに絡んでくる。若い男ふたりに派手なおねえちゃんと浮かれているインド人（一見）という組み合わせは、動物より珍しいのだろう。指を差してくる子供さえいたが、当人たちは他人の視線など我関せずである。

平日だが夏休みに入っているのでそこそこの人出だ。

だが動物たちのほうは暑さでだれまくっている。芸のひとつをするわけもなくほとんどが寝そべったままだ。営業マンの久留米としてはどうも納得がいかない。べつに動物が営業するとは思っていないが、ここに金を払ってでも来たい奴の気が知れない。

だいたい、昔からヘンな奴だった。

隣で、いつもより少し嬉《うれ》しそうな顔をしている魚住を見ながら久留米は回想した。

大学の一般教養科目がいくつか同じだった。

魚住はいつもひとりでいた。なまじ顔が小綺麗《こぎれい》だったので、男子学生からは「スカした奴」と思われていたようだ。どうして友達になったのかよく覚えていない。久留米は社交的なほうだから、たぶん自分から声をかけたのだろう。講義にはきちんと出ていた魚住なので、ノートを借りたことがあったかもしれない。加えて、合コンなどを企画する時、魚住がいると女の子の参加率がいいので便利だったのも事実だ。

ただしトラブルも多く、彼女たちにクレームをつけられることも度々あった。「久留米くんの友達だから安心してたのに、ひどい」などという、よくわからない苦情だった。

おまえなにをやらかしたんだ、と魚住に尋ねると彼は不思議そうな顔をして『してほしそうなことを、しただけだと思うんだけどなぁ』と呟《つぶや》いていた。本当に意外そうなその顔が可笑《おか》しかったのを久留米は覚えている。

「……パンダ」

「なんだって？」

「久留米、パンダだ、ほら」

魚住の指し示す方向に案内板が見える。

「パンダだ、久留米」

魚住が久留米のシャツの袖《そで》を摑《つか》んで早歩きを始める。

こいつってば、パンダが好きなのか——久留米はますます不可思議な気分に陥った。

「僕はパンダ見たの、初めてです」

動物園の帰りに寄った台湾《タイワン》料理屋で、サリームが興奮気味に言う。

「初めて日本に来た時は大騒ぎだったのよ、確か。大人も子供もパンダパンダでさ」

マリが大きな金のリングピアスを引っ張りながら、いまじゃ珍しいモンでもなくなったけどねぇ、と呟く。

広くはない店内で四人は丸いテーブルを囲んでいた。小皿料理がところ狭しとひしめきあっている。脂っこそうに表面をテラテラさせている肉、肉、そして肉。さっき檻《おり》の中にいた動物たちが一瞬頭を過《よ》ぎる。日頃は気にしないで食べている『動物の肉』たちの、生前の姿を見てきたばかりだった。

それでも、腹は減るのだ。

「これはなんですか？」

サリームが聞く。

「豚の耳だな」

久留米が答える。

就職前に東南アジアを旅行してまわった久留米には、懐かしい料理である。

店内は活気づいていて、従業員たちの間では、日本語ではないアジアの言葉が飛びかっている。客層もさまざまだ。日本人、外国人。学生、サラリーマン、ＯＬ。さらに家族連れなどが、ガヤガヤと食事をしたり酒を飲んだりしている。みな、優雅さのカケラもなく清々《すがすが》しいまでに食欲に忠実だ。

「食うか」

久留米の言葉とともに全員が長く赤い箸《はし》を取る。

皿同士のさかんにぶつかる音や人々の喧騒《けんそう》が、この食事に似つかわしいＢＧＭだった。食べ始めれば次々に皿は制覇されていく。

「ちょっと、これ美味《おい》しい、なんだろ」

口にものを詰めたままマリが尋ねる。久留米が蜆《しじみ》のにんにく醤油漬《しょうゆづ》けをしゃぶりながら「足だ、足。豚の足」と説明する。

「豚の足……美味しい……骨のまわりがぷるぷるしてて……なんつーかワイルドでセクシーに美味だわ」

「この蜆も旨《うま》いぞ。あ、サリームって豚肉食ってもいいのか？」

「はい、僕はムスリムじゃないですから。今日は可愛いパンダ見れて、台湾料理食べれて、とても幸せです」

器用に箸を使いながら嬉しそうにサリームが言う。

久留米は手酌でビールを注ぎ、飲み干すとまた次の皿にかかる。マリは恍惚《こうこつ》と豚足をしゃぶってるし、サリームは独特の甘みのある腸詰めをネギと一緒に噛《か》みしめて、しきりに頷《うなず》いている。

魚住だけがいつもの調子で、なにを食べても同じ顔で咀嚼《そしゃく》する。噛んでは飲み下しの繰り返し。時折、ほかの三人の様子を見て、珍しく考え込むような顔をする。

「どうした、魚住」

「いや、旨そうにたべるなあ、と思ったんだ」

サリームが行儀よくハンカチで口を拭《ふ》きながら言う。

「魚住さん、人間の欲望のうちもっとも根源的なものは食欲・性欲・睡眠欲です」

「おまえ、そのうちのふたつが欠けてるんだぞ。学部生だった頃の性欲はどこに行っちまったんだ」

「あたしが思うにね」

マリが口のまわりを舐《な》めながら言う。

「ちょうどあの頃、魚住の味覚が麻痺《まひ》し始めたわけよね。失われた食欲の代償が性欲だったんじゃないかしらね」

「そうなのかな……でも、まだ味はいくらかわかったんだけどな……」

魚住は釈然としない様子で考えている。

「んで、性欲のほうも打ち止めかよ」

久留米はまじまじと魚住を見た。油がついたせいでくちびるがつやつや光っている。ギトギトという感じにならないのはやはり美形だからだ。なのに不能とは、同情すべき男である。

「あんたってば食べるのヘタクソねぇ」

マリが魚住の口を拭《ぬぐ》ってやる。母親が子供にしてやるような仕草だった。

「味のしない生活なんて、僕には想像もつきません……」

サリームが気の毒そうな声を出す。

「おれだって」

「あたしも」

魚住は三人に注目されて、もじもじと椅子の上で動いた。そして、

「えーと。パンダって、肉食なんだって、もともと」

と言いだした。唐突な話の展開だが、そんなことには慣れている久留米は気にしないまま、聞き返した。

「肉食？　竹だか笹だかを食ってたぞ」

「うん。好きなんだよね、竹が……でも野生のはネズミとかも食べるみたい。熊の仲間だからパンダも。だから腸は長くないんだ」

「腸ですか？」

サリームが思わず自分の食べている腸詰めを見る。

「あれでしょ、魚住。草食動物は肉食動物より腸が発達してて、すごく長いのよね。植物は消化・吸収しにくいから」

「そう。だからパンダは竹をほとんど消化できない。食べたぶんの二割くらいしか吸収できないんだって」

「食っても身にならないってことかよ？」

「うん」

「ではパンダは困りますね」

「うん。でも、解決策があるんだ」

魚住らしからぬ、キッパリした口調だった。

「なになに」

マリが豚足を摑んでいた指を舐めながら聞いた。

「一日中食ってればいい」

魚住は言い切った。久留米は露骨に気の抜けた顔をしたが、演説者はかまわず続ける。

「ずっと食べてるんだ。ほとんどの時間を食事に費やすんだ……そのためにパンダの手は独特の発達を遂げて竹を握れるようになってる。食べ続けるために、そういうふうに進化したんだ。一日中食べないと死んじゃうかもしれないなんて……大変だよね。だから一日中アグアグ竹を食べてるんだよ……すごいよね……」

魚住は遠い目をして感心している。

サリームはなるほどという顔をして頷き、久留米は「わかったからさっさと食え」と言い、マリはビールを追加注文した。


どこからか、ひゅるるパァンと花火の上がる音が聞こえる。

クーラーのない久留米の部屋は窓が開けっぱなしだ。魚住は花火の姿を探す。だが音が聞こえるだけで、期待している光の華はどこにもない。

「あっちいなあ、もお。この狭い部屋に野郎ふたりは地獄だぜ」

久留米は帰ってくるなり、Tシャツとトランクスになってビールを呷《あお》る。

「おまえんち、クーラーあるんだろ？」

「うん」

「なんで帰んないのよ？　昼間なんかここは死ぬほど暑いだろうが」

「帰りたくない」

「なんだかなあ……じゃあもったいないから、おれが住んでやるぞ、ちくしょう。涼しい分譲マンションの鍵《かぎ》を出せよ、ホラ」

久留米の嫌みな冗談に、変化に乏しい魚住の表情が少し曇った。のそりと動くと部屋の隅の鞄《かばん》から鍵を取り出して、久留米に差し出す。

「でも、臭いと思うよ」

少しだけ、拗《す》ねたようなイントネーションでそう言う。

「はあ？」

「久留米、嗅覚《きゅうかく》、正常だろ」

「正常だとも」

「じゃあ臭いだろうな……もう相当腐ってると思うよ」

「ちょっと待て」

久留米は鍵をまじまじと見て、それから魚住を見た。魚住も久留米を見ている。綺麗《きれい》な形だが酷薄そうな薄いくちびるがもう一回言った。

「腐ってるから……臭いよ」

夏場だからといって怪談を演出できるほど、魚住は気の利いた男ではない。

「……怖いけど、聞くぞ。話が進まんからな。魚住、なにが腐ってるんだ」

「いぬ」

久留米はしゃがみ込んで、頭を抱えた。

その姿勢のまま魚住に尋ねる。

「……おまえ、犬飼ってたのか」

「うん」

「死んだのか」

「うん」

「いつ？」

「ここに来る前の日」

「……ちくしょう。もう十日経つぞ」

「腐ってるよねえ」

「おまえ」

「一応、東京都指定の半透明のゴミ袋には入れてあるんだけど」

「おまえなあ」

「でも臭うんじゃないかな」

魚住は淡々と喋《しゃべ》る。

「おまえ、犬の死体をゴミの日に出すつもりだったのかよ?」

「まさか……」

「じゃあどうするつもりだったんだよ」

「わからなかったんだ」

「はあ?」

「どうしていいのかわからなくて……気がついたらここに来てたんだ」

こいつを甘く見ていた、と久留米は思い知った。

「あのな……おれんとこは駆け込み寺じゃあねぇんだ」

魚住の常識のなさや責任感のなさは承知してるつもりだったが、まだまだだった。動物を飼っていれば、いつか必ず死ぬことくらい子供だって知っている。その現実に対処できない魚住に開いた口が塞《ふさ》がらない思いだった。

魚住はぼんやり窓の外を見ている。どこかでまた花火の上がる音がした。


車は住宅街を走っている。素っ気ない国産車である。運転しているのは久留米で、車は会社の営業車だ。

助手席で魚住が独り言のように小さな声で、

「次の信号、右」

と呟《つぶや》いた。

後ろの座席にはマリとサリームが乗っている。だがこれは楽しいドライブではない。

「久留米って、なぁんかスーツ似合わないわねェ」

マリがしみじみと言った。

「仕事中に抜け出してんだからしょうがないだろ。おまえだってなんだその格好は」

「なにが？」

「キャバクラのねえちゃんみたいだよ」

「あ。魚住言ってないの？」

久留米が怪訝《けげん》な横目で、助手席の魚住を見る。

「ああ、あのね。マリちゃん、いまキャバクラに勤めてるんだ」

「ちょっとまてよ。なんで大学で福祉学やってキャバクラ勤めなんだよ」

バックミラー越しにマリを睨《にら》む。

「そりゃ、お金になって、お酒が飲めて、たくさんの人を慰めてあげられるからよ」

「バッカじゃねえのか」

「失礼な男ね。職業に貴賤《きせん》はないって習わなかったの」

「そんな女とつきあってたかと思うと情けないよ」

「ああ、そう。じゃあ、よかったじゃない。別れて正解だったんだから」

「あのう」

いままで黙っていたサリームがおもむろに口を開いて、質問した。

「キャバクラとは、なんですか?」

一瞬車の中に沈黙が流れ、その後マリが懇切丁寧な説明をし、サリームはまたひとつ日本文化を理解した。

やや雑な運転ではあったが、一同は無事に魚住のマンションに到着した。

ここには久留米も学生時代に二、三度来たことがあるだけだ。いずれも夜だったので、日中に外観を見るのは初めてのような気がする。そう新しくはないが、しっかりした造りをした、大型の分譲マンションだ。百世帯は入っているだろう。

エレベータの中で魚住に尋ねる。

「どこに置いてあるんだよ」

「なに?」

「ワンコロの死体だよ」

「ああ、居間……」

「ねえ、魚住。その犬って、もしかしてあのチャウチャウじゃないの?」

「そうだよ。知り合いに預かってもらってたんだけど……しばらく前からまた一緒に暮らしてたんだ」

魚住は話しながら、鍵をポケットから出した。四階で四人は降りる。

「おまえその犬、知ってるのか」

魚住の後ろを歩きながら久留米がマリに聞いた。久留米は犬がいたことすら記憶していない。その時はいなかったのかもしれない。あるいは単に酔っぱらっていたため、認識できなかったという可能性もある。

「うん。一回だけ見たの。お葬式の時」

「葬式？」

話の途中で、ドアの前まで到着してしまった。

これから腐った犬の死体を見るのかと思うと、久留米は胃がムカムカした。マリもなんとなく不安げな顔である。犬にしろ人にしろ、死体はインドでさんざん見ているからわりと平気、というサリームと、当事者の魚住はいつもと同じ顔色をしている。

ドアを開け、玄関に入った途端、

「うっ」

と三人が息を止めた。すでに滅多に体験できない臭いが漂っている。これが久留米の安アパートだったら、とっくに隣近所から苦情の嵐だ。

「やっぱり臭う？」

魚住が言う。スタスタと廊下を進み居間の入口でふと止まった。三人が続く。

「あれですね」

サリームが指差した。

八畳ほどのフローリングの居間のほぼ中央に、半透明の袋に入ったものがある。久留米とマリはそれ以上近づこうとはしなかった。サリームが歩み寄り、袋の上から状態を確かめる。

「……なにか大きな布はありませんか、魚住さん」

「タオルケットでいい？」

「はい」

魚住が別の部屋からタオルケットを持ってきてサリームに渡す。マリと久留米は居間の入口で見守っている。サリームがタオルケットを床に広げ、その上に死体を置こうとしていた。

「どうするの？」

「はい、これでくるんでから、また袋に入れて持ち出します。かなり臭いますから。それから自治体の焼却炉に持っていきます」

「焼却炉……。焼くの」

「はい。もう死んでますから」

魚住は、犬の死体の前にペタリと座り込んだ。サリームは持ち上げかけていた死体をそっと床に戻す。

魚住が触れる。ポリ袋のガサガサいう音がする。

「死んでる……よね？」

魚住が聞く。

「はい」

サリームが穏やかに答える。魚住は重さを確かめるようにポリ袋をそうっと持ち上げ、それから、かつては生きていた自分の愛犬を抱きしめた。

ポリ袋の中身はズルリと力なく、それが生きてはいないことを証明していた。

「魚住さん……すべての生き物は死んでいきます。そしてまた生まれ変わります。祖母はそう言っていました」

「犬も？」

「そうです。犬も。人も」

「ふうん……。おれ、あんまり生まれ変わりたくないんだけどなぁ」

「それでも生まれ変わります。イヤだと言っても。それが運命だそうです」

「リンネテンセーかぁ……」

魚住はうわごとのように言い、しばらくそのままでいたが、やがて自分で死体を丁寧にくるみ始めた。

一瞬、久留米は魚住が泣いているのかと思った。その薄い肩が震えているように見えたのだ。冗談じゃない、魚住が泣くなんて。どうやって慰めりゃいいんだと、久留米のほうが慌てたものの、実際のところ魚住は泣いてはいなかった。

ただ細い首を折るようにうなだれて、大切な贈り物のように犬をくるんでいた。

「なんで知ってたんだ、あの犬のこと」

居間の入口に立ったまま、久留米はマリに聞いた。

「うん」

マリは答える。

「あの犬はさ、魚住の最後の家族だったんだよね。高校生の時に両親とお兄さんを交通事故でいっぺんに亡くして、留守番してた魚住とあの犬だけが残されたの」

「じゃあ葬式って」

「そう。魚住の家族の葬式。犬にもお別れさせたいって、連れてきてた」

「……初耳だ」

そういえば、魚住の口からは滅多に家族の話は出ない。久留米も自分の家族の話などしないので、それについて気にかけたことはなかった。亡くなっているのならば、出ないはずである。

「あいつ、そういうこと言わないからな」

「そう。そういうこと、魚住は話さないからね」

「でも、おまえには話したんだろ」

「ちがう。あたしはその葬式にいたの」

「……なんで？」

「あたしの父親の車に、魚住の家族は潰《つぶ》されたんだよね」

練習した台詞《せりふ》のように、さらりとマリは言った。

久留米はなんと返せばいいのか思いつかない。

以前に、マリの父親は亡くなったとは聞いていた。それが事故死なのか病死なのか、あるいはまた別の理由なのか、そういう質問はしたことがない。久留米は深刻な話が苦手なのだ。どういう顔をしたらいいのかわからなくなってしまうのだ。

しばらく沈黙していたマリが続ける。

「葬式でさ、魚住あたしになんて言ったと思う？」

「え…いや……なんて言ったんだ？」

クスリ、とマリが笑う。まいっちゃうよ、あいつには、と小さく言う。

「どうも、大変でしたねって――言ったのよ。高校生の魚住ってば。自分の家族三人死なせた男の娘にさ」

しばらく考えて、久留米が口を開く。

「あいつは語彙《ごい》が貧困だからな」

久留米の言葉に、マリが再び笑った。

「あんたもヘンな男ね」

そしてつけ加える。

「あたしさ、あんたたち、大好きよ」

そうこうしているうちに、サリームと魚住は準備を整え終わった。

あとは、燃やすだけだ。


マリが久留米から離れていった原因は、彼女が魚住を好きになったせいだ——という誤解があったらしい。

「だっておまえら、三人で会っている時も、意味深な視線交わしてたりしてただろ」

ヤカンを手にして、久留米が言った。

「それじゃあ、別れたあと、おれがマリちゃんとつきあわなかったの不思議に思った？」

「少しな。でもおまえは女癖悪かったし。マリはあれでバカじゃないからやめといたんだろうって思ってた」

魚住は、相変わらず久留米のアパートに居ついている。マンションより、久留米のアパートのほうがいいからだ。なんでだと聞かれ、一応真剣に考えたのだが、

「わかんない」

としか答えられなかった。小学生以下である。久留米はそれ以上なにも聞かず、片眉《まゆ》を少し上げただけだった。

その代わり、魚住はエアコンを購入した。

金は持っている者が使うべきである。とりあえず魚住には、贅沢《ぜいたく》をしなければあと五年は学生をやれるだけの援助がある。

「ラーメン、できたぞ」

「うん」

久留米が丼をふたつちゃぶ台に載せる。

「ホレ、こっちがショーユ。こっちがミソ」

久留米の説明に頷《うなず》き、魚住はプラスチックのレンゲで両方の汁を一口ずつ味見した。

「どうだよ」

「んー」

首を傾げる。この間、魚住は味がわからないばっかりに腐った焼きそばパンを食べ、腹を壊したばかりだ。

「温度はわかるんだけどな。ショーユラーメンのほうが少し熱い」

「不幸な奴だなおまえって。天涯孤独で、ものの味もわかんなくて、しかも勃《た》たない」

「食欲と性欲は密接だからどっちかが回復すれば、もう片方も戻るってマリちゃんが言ってたよ」

「かも、しれんな」

久留米はミソラーメンを自分のほうに寄せて食べ始めた。魚住はおもむろに立ち上がって、冷房のスイッチを切る。

「なにしてんのおまえ。暑いだろうが。いまおれたちラーメン食ってんのよ?」

「ここ狭くて、冷えすぎるよ。おれ寒いのだめなんだよ。もう夜なんだから、窓開けてりゃそう暑くないって」

「ばっかやろ。もうすぐ八月だぞ。真夏だ。まなつ。うわ、うわー。なまあったかい風がきた……」

「また寝る前につけようよ」

久留米の反論を軽やかに無視し、魚住はラーメンを食べだした。

「うー、ちくしょー、あついー」

「うるさいなあ」

実際、久留米は暑がりで汗かきだった。新陳代謝が活発ということだ。健康な証拠とも言える。逆に魚住は真夏でもほとんど汗をかかない。熱が内に籠《こ》もる体質らしく、それが災いして学部生の頃には夏場に突然倒れたりもした。

ラーメンを食べ終わると、久留米は汗だくになっていた。

喉《のど》を鳴らしてビールを飲む。喉仏が大きく上下するのが見える。魚住はビタミン剤を水で飲んだ。ビールの缶を片手に久留米が窓のそばで煙草を吸う。白い煙は緩いらせんを描いて、窓の外に踊りだしていく。

「お、大家んとこのガキが花火やってら」

その声に魚住も窓から下を覗《のぞ》いた。

夜になると車の少なくなる通りで、子供たちが花火を楽しんでいた。久留米の部屋は二階なので、すぐそこに花火の光と、幼い歓声がある。窓枠に掴《つか》まり、魚住は細い身体を乗り出して光の華を見つめた。綺麗《きれい》だな、と思った。少し目に染みるような、火薬独特のにおいがたち込める。

においーー？　このにおいが現実のものなのか、それとも自分の経験と記憶が作り出しただけの、気のせいなのか魚住にはわからなかった。

「夏ってカンジだよなぁ」

Tシャツ姿の久留米が銜《くわ》え煙草のまま見物している。その首筋に汗が流れているのが、ふと目に留まった。

どうしてそんなことをしようとしたのかは魚住自身にもわからない。人指し指でその汗に触れる。なんだよ、という顔で久留米が見る。

魚住はその指を舐《な》めた。

「……しょっぱい……」

その言葉は子供たちの声にかき消されて明瞭《めいりょう》ではなかった。もう一度繰り返す。

「しょっぱい。これ……塩味だ」

久留米はポカンとしたまま固まっている。魚住は舌の上で塩化ナトリウムの存在がだんだん希薄になっていく過程を追ってゆく。そうだこれが塩味ってやつだ……懐かしい、味蕾《みらい》へのクリアな刺激。

窓枠に腰掛けている久留米の太腿《ふともも》に手をついて、魚住は自分の顔をその首筋に寄せた。

クン、と小さく鼻を鳴らした。

久留米の体臭と、汗のにおいがする。

「におい、わかんのかよ？」

とても近くで久留米の声がする。魚住は掠《かす》れた声で小さく、うん、と答えた。

目を閉じる。久留米の体温さえ顔に感じる。こんなに他人を近く感じたことはない。

そのにおいはますます強くなる……生きているもののにおいだ。

夏の、においだ。

久留米の心臓が動いているのを確かめたくて、魚住は彼の生温かい胸に手のひらを押し当てる。速い鼓動がそこにあった。

同じリズムが、自分の肋骨《ろっこつ》の奥にも存在しているのを魚住は感じた。


パン！


破裂音が静止しているふたりを驚かせる。

ねずみ花火に、子供たちがひときわ歓声を上げていた。

この豊かな日本で

魚住は激怒しない。

大笑いもしない。叫んだり泣きわめいたりしない。そういう魚住を、少なくとも久留米は見たことがない。そして魚住は歯磨きが好きだ。つまり魚住が口を大きく開けるのは、歯を磨いている時くらいである。

満面の笑みを浮かべながら歯磨きをしているわけではないのだが、一回あたり五分から、時には十分もの時間をかけているところをみると、やはり相当好きなのだろうと久留米は推察する。安アパートの洗面台はひどく小さいため久留米は台所で歯を磨くことにしているが、魚住の定位置はテレビの前と決まっている。毎朝その場所で、エナメル質が摩耗してしまうのではないかというくらい延々と歯ブラシを動かし続けるのだ。ちなみに久留米の歯磨きタイムは約二十秒。ほとんど気休めである。

今朝も魚住は歯を磨く。シャコシャコシャコシャコと耳慣れた音がする。

見ているんだかいないんだか、虚《うつ》ろな視線は画面に固定されたままだ。横顔を観察すると、その睫毛《まつげ》の長さがよくわかる。女の子のようにくるりとカールした睫毛ではない。下方向にすうっと自然に流れている。朝のニュースは消費税率アップについて論じているが、久留米には魚住が消費税に興味を持っているとは思えない。万が一、魚住が消費税というものを知らなくても久留米は驚かない。もう慣れた。

「おまえ、今日学校行くの？」

久留米の問いに魚住が歯ブラシを口に突っこんだまま答える。

「えぐお」

「へー。ここんとこ、真面目だな。そんなに研究室忙しいのか」

「いぞがじくばだいんだけお。ただ、ずぐじんぢゃうんだお」

「ああ？　なんだって？」

魚住は困ったような顔をし、空いているほうの手で口元を拭《ぬぐ》った。そして口に溜《た》まった歯磨き粉と唾液《だえき》の泡を、ゴクンと飲み込んだ。

「きったねーなっ！　おまえはっ！」

久留米がワイシャツのボタンを留めながら叫ぶ。

『繊細な雰囲気を漂わせた美青年』と表記して差し支えない容貌《ようぼう》の魚住だけに、歯磨きゴクンはそぐわないことこのうえない。『繊細』や『神経質』から程遠い久留米だってそんなことはしない。

「忙しくはないんだけど、すぐ死んじゃうんだよ。見張ってないと」

当の本人は歯磨き粉を飲み込んだことなどまったく気にかけず、通じなかった台詞《せりふ》を言い直した。

「なにが死ぬって？」

「おれが育ててる菌。どうも培養がうまくいかなくて」

久留米は普通に大学を卒業し、ごく一般的な会社員をしている。かたや魚住は大学に残り、修士課程二年目だ。学生時代、ふたりは一般教養の授業がいくつか同じだった。

それが幸だったのか不幸だったのかは置いておくとして、友人関係らしきものは成立していた。現在は理由にもならない理由によって、魚住は久留米のアパートの居候である。もちろん久留米が呼んだわけではない。魚住が勝手に自分のマンションからこの安アパートに巣を替えてしまったのだ。

「教授がね、愛情が足らないって言うんだよね。だからちゃんとコロニーにならないんだって」

「くだらね」

「いや。それはホントなんだよ。気を遣って世話を焼いてやらないとダメなんだ」

「じゃあそうすりゃいいだろ」

「そうしてるつもりなんだけど……おれって自分が思ってるより大雑把な人間なのかもしれない」

その通りだ。と久留米は思った。

周りの人間は魚住の外見に惑わされて、ナイーヴで細やかで、塵《ちり》ひとつ見逃さない神経質なタイプだと思い込む。ここのところさらに痩《や》せた身体つきがいっそうそのイメージに拍車をかけている。そういった面が皆無とは言わないが、日常の生活に限っていえば四角い部屋を丸く掃く男だ。いや、それ以前に掃除などしない。部屋など汚くても、魚住は意に介さないのだ。部屋が汚れていることに気がついているかさえ怪しい。

久留米は時折、こいつにはちゃんとモノが見えているのかと疑わしくなる。

いつも宙を眺めているような目つきをして、焦点がいまいち定かではない。軽い斜視があるらしいのだが、それを引いて考えてもぼんやりしていて注意力に乏しい。二十五にもなっていまだに躓《つまず》いたり転んだりする。この間もアパートの階段で足を滑らせてひっくり返った。後ろで見ていた久留米は大笑いしたが、本人はとても痛がっていた。

「おれはもう行くからな。一応鍵《かぎ》かけてけよ」

「うん。久留米、晩飯は？」

「今夜は接待」

「そおか」

多少気落ちしたようにも聞こえる魚住の声を背中に受けながら、久留米は上着を掴《つか》んでドアを開けた。弱い風が襟足から忍び込む。いつのまにかスーツが苦にならない気温になっていた。この間まで死ぬほど暑かったというのに、夏というのは短距離走者のようにダッと過ぎていく。魚住の出資で設置したありがたきクーラーの空き段ボール箱が、いまとなっては狭い玄関口で場所を取っていて邪魔くさい。

魚住は歯磨きを再開したようだ。

いってきますなどとは言わずに、久留米は部屋を出ていった。

「魚住くんのシャーレ、ぐちゃぐちゃだよ」

大学の研究室に着くや否や、魚住は宣告された。

「え」

表情に変化の乏しい魚住だが、実はそれなりにショックを受けている。ただリアクションが小さすぎて他人には伝わらないのだ。

培養器から件《くだん》のシャーレを取り出し、魚住はそれを見つめた。

「ね？　すごい色になってる」

顕微鏡を使うまでもない。培地はすっかり青緑色になっている。

「きみ、アオカビ培養してたわけ？」

「……まさか」

愛情を持って育てていたつもりだったのに——心中ではかなり落ち込んだ魚住だがやはり顔に出ない。それが周囲から『魚住は失敗しても屁《へ》とも思っていない』という誤解を生んでしまうことに、本人は気がついていない。

「なんか別のモノが繁殖してるねぇ。増殖因子間違えなかった？　魚住くん、培養も下手なわけか」

横からシャーレを覗《のぞ》き込んでいた濱田《はまだ》が、嫌みというよりは感心したように言う。

研究室にはほかには誰もいない。今日はたぶん自分だけだろうと思っていた魚住は濱田に向かって素朴な疑問を呈した。

「なにしてるんですか。こんなところで」

こんなところ、というのは濱田がこの研究室の人間ではないからである。

博士課程を終え、オーバードクターとして大学に残っている彼は、確か免疫かなにかの専門で現在はそっちの研究室で助手をしていると魚住は記憶していた。同じ理学部だから先輩とも言えるが、特別親しいわけでもない。もっとも魚住に親しい友人はほとんどいない。人間嫌いのつもりはないのだが、他人とテンポを合わせるのが下手すぎるのが災いしている。

「いやあ。前にここの教授と飲んだ時ね、きみがたまに想像を絶するようなコトをしでかすって話聞いたから。あんな細かそうな顔して、すごい抜けてるって」

大きなお世話だ。と魚住は思ったが口には出さなかった。例によって顔にも出ない。

濱田は変化のない魚住の顔を面白そうに見ながら続ける。

「バイオやってる人が培養もできないんじゃ、話になんないんじゃないの？」

「そうですねえ」

魚住はもはや不要となったシャーレをシンクに置いてそう答えた。

この点について濱田の言い分は正論である。まったく、話にならないのだ。以前から細かい作業は好きではなかったが、かといって不得手というほどでもなかったはずだ。魚住だって、それなりの実験手腕は持っている。

論外な失敗を繰り返しているのは、ここ二か月ばかりのことである。

「きみずいぶん痩《や》せたね。どこか身体悪いんじゃない？」

濱田がおもむろに魚住の腕を取った。ダンガリーのシャツに覆われた腕は確かに細い。ましてや露出した手首は骨と血管の隆起が目立ちすぎている。

「なにこの腕。骨格標本だよ」

「——はあ。たぶん夏痩せしたまま体重が戻らないんでしょう」

振り払うこともなく、摑まれた自分の腕を見ながら答えた。

濱田も痩せているほうではあるが、魚住に比べれば遥《はる》かにしっかりした身体つきをしている。背丈も多少魚住を上まわるようだ。

久留米と同じくらいかなと魚住は思った。

いや、久留米のほうが濱田よりさらにがっしりしている。その久留米にしても着痩せするほうなので、目立って筋肉質という印象は受けない。逆に考えていくと魚住がいかに薄っぺらいかがよくわかる。骨格的に極端に劣っているわけではなく、体重さえあれば、そこそこ人並みの体格のはずだ。身長も平均値である。単なる痩せすぎだ。

「綺麗《きれい》な顔をしていても、こんなに痩せちゃ女の子にもてなくなるよ。自分より細い彼氏じゃイヤだろうからね」

「おれはべつにもてませんから」

「へえ？　そうなの？」

やっと腕を放すと濱田が笑った。

爽《さわ》やかさに欠ける笑い顔だが、整った顔であることは間違いない。

この男は助教授の椅子も近いと噂される優秀なサイエンティストらしいが、一筋縄ではいかない偏屈者ということでも有名だった。安易に他人と同調しない性格らしく、しばしば辛辣《しんらつ》なもの言いをする。しかし女学生の支持者は多い。もちろん顔がいいからである。臨時講師もしているが、レクチャーの内容も悪くはないらしい。魚住は人づてに聞いただけなので正確なところは知らない。

「もててるのは濱田さんでしょ」

「ああ、僕は顔も頭もいいからねェ。あとは人当たりが良ければ完璧《かんぺき》だったんだけど、好き嫌いが激しくて」

自信過剰なのか彼流の冗談なのか魚住にはわからなかったが、そんなことはどうでもよかった。とにかく細菌は培養し直しである。イチからやり直しなのだ。

気が重くなってしまった。どうしてこううまくいかないんだろう？

集中できないからだ。

それは魚住にもわかっていた。ここしばらく自分でも『あれ？』と思うことがある。ぼんやりしがちなのはいつものことだが、少なくとも実験中にはなかった。細菌などという極めつけに小さいモノの研究をしている魚住である。ある程度の集中力はあるのだ。試薬量の測定や、温度、湿度、時間の管理。微妙な誤差が失敗の原因となることなど百も承知している。

「実験中にぼうっとしてるんじゃないの」

痛いところを衝《つ》かれた。魚住にしたって好きでぼんやりはしない。最近に至ってはぼんやりどころではないこともあり、なにかの拍子に、意識が薄れかかったりもする。もともと魚住は脳貧血を起こしやすい。自律神経にしても、万年失調気味である。その傾向については自分でわかっているのだが、先月くらいから頻繁になった急なふらつきは、いままでのものとは感触が違っていて戸惑う。

頑丈ではない身体にしろ、それなりにコントロールはできるはずだと思っていたのは過信だったのだろうか。

「おれ細菌に嫌われてるのかも」

「細菌は好き嫌い言わないよ。僕と違って」

「濱田さん、おれが嫌いなんですか」

「ええ？　なんで？」

ロッカーから白衣を出している魚住にそう聞かれ、濱田は意外そうな顔をした。

「なんか、絡まれてるような気がするから」

「絡んでるけどね。確かに」

別の研究室の人間に——たとえ本当のことだとしても、面と向かって『培養も下手』と言われることは、魚住の気に障っていた。ままならぬ自分に対する嫌気は、これでもそれなりに味わっているのだ。まして他人に指摘されていい気持ちがするはずもない。

なにを言われても平気な顔をしているのは、そういう顔しかできないからで、魚住だって嫌な気分にはなる。魚住があからさまに罵倒《ばとう》されても大丈夫でいられる相手は、おそらく久留米だけである。久留米にならば、いくら『バカ』と罵《ののし》られても魚住は平気だった。どうしてなのか。不思議といえば不思議だ。久留米の罵詈雑言《ばりぞうごん》には棘《とげ》も毒も感じないのだ。それどころか聞いていると、なんとなく落ち着いて眠くなることすらある。つきあいが長いせいだろうか。

「絡んでるけどね、僕は嫌いな人間には絡んだりしないんだよ」

濱田の言葉は魚住によく聞こえていなかった。白衣を着たまま突っ立って動かない。やばいぞ、と頭の隅で囁《ささや》く声がある。なにが、かはわかっている。

「きみみたいなタイプの人間は嫌いじゃない、決して。むしろ興味があるね」

嫌な耳鳴りが濱田の声を遮断していた。

魚住は実験机についた自分の手の指を見ていた。知っている。ここから冷たくなっていくのだ。血管が収縮して、身体が自分のものではないように感じられる。冷えていく感触はすぐに額まで到達し、今度は全身の血がいきなりダンと足下に落下する。

「魚住くん？」

視界が回転運動を始める。ゆっくりと、だがすぐに速度を上げて研究室が回りだす。

脱力感と嘔吐《おうと》感が魚住を襲う。目は開いているはずなのに視野は急激に狭まっていき、暗転の予感が現実へと変わる瞬間が訪れる。

ああ、地面が、もとい冷たい床が呼んでいる。

「魚住くん？　きみ、倒れそうだよ」

というわけで、魚住は濱田の台詞《せりふ》が終わると同時に失神した。

見事なタイミングであった。


久留米の勤め先は新宿区にある。

自社ビルの五階の一角が、久留米の性格をそのまま表したように散らかったデスクだ。もっとも営業職である彼は得意先回りに忙しく、あまり自分の席にいることはない。それでも今夜は直属の上司とともに接待に行かねばならないため、終業の少し前には社に戻っていた。

酒は好きだが、接待は面倒くさくて閉口する。

だが、それも仕事の一環である。たとえ残業手当はつかなくともサラリーマンがそれくらいで文句を言ってはいけない。それが企業戦士というものだ……などとは考えてはいない久留米だが、とりあえずは我慢することにしている。まあ会社の金で飲むのだから、せいぜい高い酒を食らってやれば気分的にはイーブンというところだ。

「なんだこりゃ」

自分のデスクの電話にずらずらと貼ってあるのは留守中にかかってきた電話メモだ。うっかり携帯電話を忘れて出たので何枚かあっても不思議はないが、今日はやけに多い。数えたら八枚あった。うち五枚がマリからのものであった。

『また連絡しますとのこと』

『お戻りになったら連絡くださいとのこと』

『お戻りになったら至急連絡くださいとのこと』

『戻られたらご自宅に電話してくださいとのこと』

『魚住さんという方が倒れられたとのこと。至急ご自宅に連絡を』

最後の一枚を見た時にはどきりとした。電話を取ってくれた隣のデスクの女子社員が顔色の変わった久留米を見て、

「ああ、それ聞いて私、出先に連絡しましょうかって言ったんですけど、そこまで大事じゃないからっておっしゃってましたよ」

と声をかけてくれた。礼を言いながら受話器を上げ、久留米はすぐに自分のアパートに電話を入れる。

——倒れた？　どういうことだ？

魚住が元気溌剌《はつらつ》な健康体でないのは知っているが、いつもの貧血程度でマリが電話してくるとは思えない。

たった二回の呼び出し音が長く感じる。繋《つな》がると、知らない声が出た。

『はい』

「もしもし……？」

マリが出るのだとばかり思っていた久留米は、やや戸惑った。

『はい』

「あの。どちらさまですか？」

自分の部屋に電話しているのに、妙な台詞である。

『僕は濱田といいます。魚住くんと同じ大学の者です』

「ああ、お世話さまです。私は久留米といいますが……」

『この部屋の方ですね』

「そうです。あの、魚住は」

『眠っていますよ。貧血で倒れたんです。ついでに採血だけはしたんですがね。あなた一緒に暮らしてるんでしょう？　魚住くんと』

その台詞の後半部分には久留米を責めるような響きが含まれていた。

「はあ。いや、そいつが転がり込んできたんですけどね」

『でも一緒に住んでいるんでしょう？　この夏から。あの人にそう聞いたんですが』

「あの人？」

『派手な感じの美人ですよ。倒れた直後にちょうど彼女が来ましてね。僕と一緒に魚住くんをここまで送ってきたんです』

「それは、お世話かけました。彼女は?」

『仕事に出かけましたよ』

マリは夜の仕事なのだ。久留米は内心で舌打ちをした。

この横柄な声の男に自分の部屋に上がり込まれていると思うと、なんだか腹が立ってくる。しかし横柄男が落ち着いた声をしているということは、魚住はたいしたことはないのだろう。そうだ、たかが貧血なんだ。もう帰れよ、と言いたくなってきた。

『あなた、気がつきませんでしたか? 一緒に暮らしてたのに』

「は? なにをですか?」

『魚住くんですよ。ずいぶん痩《や》せたと思いませんでしたか?』

それは思っていた。もともと痩せてはいるが、ここ二か月ほどでさらに細くなっているのは知っていた。だが一緒に暮らしているとはいっても久留米は帰りの遅い日が多いし、一定時間顔をつきあわせるのは休みの日くらいだ。しかも相手は野郎である。じっくり見つめて楽しいはずもなく、久留米はパチンコなどに行ってしまう。あんな狭っ苦しいスペースに大の男がふたりでずっといては酸欠ものだ。

「痩せたのは知ってます。でも貧血は奴の持病みたいなものでしょう?」

やれやれ、といった口調で濱田という男が言った。

『ただの立ちくらみじゃないんですよ。赤血球の数値はよくないし、血糖値も低い。おそらく栄養失調になりかけてます』

えいようしっちょう？　二十一世紀も間近なこの日本で？

久留米は驚くより呆《あき》れた。

いくら貧乏臭いアパートに住み始めたからといって、そんな貧乏臭い病気にならなくても……いや、いくら魚住でもなろうと思ってなっちゃいないだろう。

にしたって、そんなバカな。

『親でもないあなたにこんなこと言うのはなんですけど。でも一緒に暮らしてるんなら、多少気にかけてやってもいいんじゃないかと思いますね。僕は』

カチンときた。しかし会社で怒鳴るわけにもいかない。そうかといって謝る必要も感じない久留米は、あえて冷静な声を作る。

「私は仕事の都合でまだ戻れません。十一時ぐらいには帰れますから、魚住の容態が安定してるならもうお引き取りいただいて結構です。ご迷惑をおかけしました」

言いながら、ご迷惑なのはおれのほうだ、と思う。

『わかりました。彼は安静にして、栄養価の高い消化のいいものを食べさせてください。一応、病院へ行くことをお勧めします』

おれに勧めてどーすんだ。本人に言えよ。赤ん坊じゃないんだぞ魚住は！

という数々の文句を内在させたまま、久留米は再度礼を言い電話を切った。切ってから小声でチクショウと呟《つぶや》く。腹が立つのと同時に不思議でもある。魚住はどうして栄養失調などという時代錯誤なことになったのか。

ちゃんと食事はしている。味覚障害があった時だって食べていたのだ。味がわからなくてもメシを食ってた奴が、なんだっていまさら栄養失調になるんだか、久留米はまったく理解できない。

最近では味覚もほぼ正常になり、やっとインスタントラーメンの種類を選ぶ楽しさが魚住にも与えられたところだというのに。

あるいは、そういったコンビニ傾向の強い食事のせいなのだろうか？　いや久留米も同じものを食べている。インスタント食品とレトルトで栄養失調になるならば、日本中、風邪の患者よりその数は多くなるだろう。

こんな気持ちのまま、取引先に笑って酌をしなければならない。最低だ。

居候されているだけで迷惑千万なうえに、先だっては犬の死体の処理までさせられた。今度は栄養失調。しかも見ず知らずの奴からまるで監督不行届の言われようだ。腹が立つ。フザケンナと思いながら煙草に火をつける。狭いアパートで寝込んでいる魚住の姿が思い浮かんでしまう。

「お友達、具合悪いんですか？」

「ん、ああ。たいしたことなさそうだよ」

「久留米さん、今日課長と接待ですよね。大丈夫なんですか？」

「平気平気。死にゃあしない」

自分に言い聞かせている台詞《せりふ》だった。

魚住の閉じた目。薄い瞼《まぶた》。

どうしようもない奴だ。自分の飼い犬の死に動揺して、マンションを飛び出すような奴だ。家族もなく、感情表現も乏しく、この間まで味覚不全だった奇妙な男。

心配なんかしていない。無理をして自分が帰ったって、魚住が急に元気になるわけでもない。心配したって仕方ない。

仕方ないじゃないか。

久留米は煙草を消した。

受話器を再び取った。隣の部屋の住人に連絡をするためである。

砂漠だ。

魚住は砂漠にいた。

乾燥した空気に肌がひび割れていきそうだ。窯から出された焼き物が、冷えていくにしたがって微細な貫入を作っていくように、このままひび割れてしまうのだろうか——ゆっくりと、壊れていくのだろうか。

いっそひと思いに粉砕されたほうが楽そうだ。でも誰が自分にハンマーを振り下ろしてくれるのだろう。そんな酔狂な奴がいるだろうか。

目の前に自動販売機があった。

どうして砂漠のど真ん中に清涼飲料水の自動販売機があるのだろう。電源はどこから取っているのだろうか。とても不思議だった。

バッテリーがあるのかなと後ろを覗《のぞ》くと、尻《しり》にコンセントを突っ込まれたウナギイヌがいた。ウナギとイヌの混血、ウナギイヌ。バカボンにでてくるアレである。電気も作れるとは知らなかったと感心しているとウナギイヌは『早く飲み物を選べ』と言う。魚住は知らないうちに握っていた硬貨を投入していくつか並んでいる見本の缶を眺める。いろいろある。炭酸も果汁100％もある。だが選べない。

ウナギイヌが急《せ》かす。『喉《のど》が渇いてないのか』と言う。

喉はカラカラだ。でも選べない。味がわからないから選べないとウナギイヌに言うと『そんなはずはない』と返される。そうだ、そんなはずはない。味覚障害は治ったはずだ。そんなはずないのに。

ピシ、と身体のどこかで音がした。

魚住は霞《かす》む目で、自分の足元に砂に半分埋もれたハンマーを見つけた。

自分で自分を叩《たた》き壊すのは、少し嫌だなと思った。

懐かしい匂いによって、意識が浮上する。

目が覚めてホッとするような眠りだった。握っていた硬貨の感触がまだ残っているようで魚住は両手をこすりあわせる。奇妙な夢だった。

小さなキッチンにサリームが立っている。匂いは、彼が火にかけているミルクのようだった。温かい牛乳なんて、そういえばしばらく飲んでいない。

「魚住さん、気がつきましたか？」

「うん。おれ、どうしたんだっけ？」

「突然倒れたそうですよ。気分はどうですか？　吐き気とか、ありませんか？」

「へいき。……ああ、研究室で貧血起こしたのか。最近多いなァ」

上半身を持ち上げながら呟く。少しだけ頭痛を感じた。意識がはっきりしてくるとミルクの匂いは頼りなくなっていく。

「久留米さんから電話もらいました。仕事で遅くなるから様子見てほしいと」

「ああ、そうなのか。あれ？　どうやって帰ってきたんだろ。濱田さんが運んでくれたのかな」

「なにか、手紙みたいなものがありますよ」

サリームの言葉に魚住は枕元の紙片を見つけた。濱田が残していったらしい。ふたつ折を広げてみる。

きみは軽度の栄養失調です。以下注意事項。

体力が戻るまでの安静。食事をきちんと摂《と》ること。研究は当分休み。いまのきみでは細菌培養はやるだけムダ。寒天がもったいない。

追伸。僕はきみが嫌いではない。

「あ。濱田さんか。……結構ヘタな字だな」

サリームがミルクを持ってきた。浅黒い手が慎重に渡してくれる。マグカップの温かさを確認するように魚住は両手で包み込む。

「瘦《や》せすぎですよ。魚住さん」

「やっぱり？」

「そう。どこか悪いんですか？　せっかく食べ物の味がわかるようになったのに」

丁寧な話し方をする隣人の留学生は心配そうに魚住を覗き込む。悪意を映すことがあるのだろうかというような瞳《ひとみ》の中に、魚住は憔悴《しょうすい》した自分の顔を見つける。

「栄養失調だって」

「それは珍しい。この豊かな日本で」

サリームは四分の一インドの血が入ったイギリス人である。子供の頃は、祖母の国であるインドで過ごした時期もあったという。その目で見た日本は、さぞかし飽食の国であろう。

「うん。この豊かな日本でね」

「ごはん、食べていないのですか？」

「食べてる」

魚住はミルクをひとくち含む。

「久留米と一緒にね。食べてるよ」

味は、なかった。


久留米は十一時を少しまわったところで、やっと接待から解放された。アパートに辿《たど》り着けば、すでに零時過ぎだ。魚住は自分の布団を敷いて眠っていたようだが、久留米が明かりをつけると、だるそうに半身を起こした。

「おかえり」

「ああ。寝てろ寝てろ」

生きているな、と確認した途端に久留米はどっと疲れた。気が気でないまま飲んだ酒は少しも酔えずに、ただ胃を灼《や》いた。

「濱田さんが電話してきたって？」

「電話はマリからだ。おれは外出中でいなかったけどな。戻ってからここにかけたら奴が出たんだよ」

「マリちゃん？　ああ、大学に来てたのか」

「やれやれだよ。なんかヤな感じの男だなあいつ。おれが悪いみたいに言いやがった」

「久留米が？　なんで？」

「知るかよ」

久留米は着替えると自分のベッドに転がった。

「あー疲れたぜ。おまえのおかげで知らない男に勝手に上がり込まれて、嫌み聞かされて、なのに礼なんか言って。……なんだこれ？」

濱田の伝言をベッドに置いたままだったのを魚住は忘れていた。

「あ」

「……この最後の追伸はなんだ？　きみが嫌いではない？」

「おれが倒れる前にした質問の返事だと思うけど」

久留米は紙片を丸めて、部屋の隅のゴミ箱に放った。入らなかった。

「おまえ、自分のこと好きですかって聞いたわけ？　あいつに」

「え？　ええと……あ、違う。逆。嫌いなんだろうって聞いたんだ」

「なにそれ」

馬鹿にした口調で久留米が言い、煙草を取るために立ち上がった。その姿を目で追いながら魚住が補足する。

「関係ない研究室の人なのに、わざわざおれの実験の失敗を見に来たから。嫌われてるのかなぁって思って」

「おまえ、自分を嫌ってる人間にいちいち確認取るわけ」

「そんなことない。きりがない」

煙草と灰皿をベッドに置き、久留米は胡座《あぐら》をかく。

魚住は背を丸めて布団の上に座っていた。半袖《はんそで》のTシャツから細い腕が見える。直視しにくかったが、久留米はあえて見た。

痩せすぎだ。ここまで痩せていたのか。

久しぶりに会う人間ならばよく観察もするだろうが、あまりにも距離が近すぎて、魚住のことをよく見ていなかったのかもしれない。首だって、これでは片手で摑《つか》めてしまう。細すぎる。

「おまえ、ちょっと、上脱いでみろ」

「嫌だ」

即答だった。

魚住は久留米から視線を外した。その仕草を見ると、久留米は単なる思いつきで言った自分の言葉に固執したくなった。

「脱いでみろって。どんくらい痩せてんだか、ちゃんと見せてみろよ」

魚住の眉根《まゆね》が僅《わず》かに寄せられた。表情の乏しい彼の、数少ないバージョンのうちのひとつだ。否定のサインである。

「嫌だ。一応、コンプレックスはあるんだ」

「へー。おまえにもそんなもんあるのか？　そりゃ初耳だな。いいから、ホレ」

「嫌だ」

頑《かたく》なに拒む。風呂《ふろ》あがりなどには晒《さら》したことのある身体でも、こういう状況で脱げと言われるのは抵抗があるらしい。

「おまえな、おれはこれでも心配したんだぜ？　マリからの伝言は倒れた、としかないしよ。おまえがお世辞にも健康的じゃないのは知ってるし」

魚住は久留米に視線を戻す。久留米は煙草をふかしたまま見返した。

「まさか死ぬなんてこたぁないとは思ってもさ。まさかってことは時々あるからな」

「……心配、したの」

「したさ。多少はな」

魚住は久留米から視線を外して、やや俯《うつむ》いた。

なにかを考えるように少しの間、動かなかった。

そしてTシャツの裾《すそ》に手をかけた。

布地一枚なくなっただけで、魚住の身体はいきなりリアルなものになる。

日頃のトレーシングペーパーをかけたようにあやふやな存在は、覆いのない肉体を露出してしまった途端に、確かに彼が生きていて、呼吸していて、触れれば温かいだろうことを久留米に思い出させた。動物よりは植物的だと久留米に思わせていたはずの魚住が、別の存在に変容してしまったかのようだ。

安アパートの低い光度の下に浮かぶ裸体に、久留米は思わず目を逸《そ》らしそうになる。逸らせたら負けのような気がして無理をする。

確かに痩せていた。肋骨《ろっこつ》の数が目で数えられる。鳩尾《みぞおち》の窪《くぼ》みようもかなりのものだ。影をつくる鎖骨。首筋から顎《あご》へと流れるライン。成長しきっていない少年のような曖昧《あいまい》さをいまだ留《とど》めた魚住の身体。

見ていると、痛いような気持ちになった。同時に脈が速まった。

久留米自身さえ自覚できないほどの瞬間的なその感情は、同性の裸体を見る時にはまず起こらないはずの、危うい高揚感を含んでいた。見せろと言ったのは自分であるにもかかわらず戸惑っている自分を、久留米は思っていたより魚住が痩せていたからだと理屈づけた。なかば強引に、そうやって自分を納得させなければ久留米自身がある種の不安に取り込まれそうで、少し、怖かった。

「……おまえ、前からそんな傷痕《きずあと》あったか？」

「ああ。これ」

ほぼ腰に近い背中に、引き攣《つ》った線が僅かに隆起して走っている。周囲の皮膚とは色が違うその線は、深く引っかかれたようにも見え、二十センチほど横方向に流れていた。女の子だったなら気に病むかもしれない程度の傷痕だ。

「女にでも刺されたのかよ？」

「いや。子供の頃のだよ。まだそんなに目立つかな」

「目立ちゃしない」

言いながらも、久留米はその傷痕から目を離せなかった。比較的白い、薄い皮膚に小さな悲鳴が生じているような傷。

「もう、いいぞ」

「うん」

もぞもぞと魚住がTシャツを着だして、やっと久留米は落ち着いてきた。さらには落ち着いた自分に安堵《あんど》した。

「確かに痩《や》せたな。かなり。でもなんでだ？　メシを食ってても痩せるなんてことがあるのか？」

「ないだろ。普通は」

「おまえは普通じゃないのか」

「さあ」

布団に潜り込んで、背中を向けたまま魚住は、

「おれにもわかんないよ」

と言った。

「まあとにかく、これからはちゃんとメシを食うぞ。あんな男に説教垂れられるのはごめんだ。食生活は健康の基本だからな。いままで忘れてたけど。インスタント食品はなるべく減らす。レトルトもだ。おまえ料理できるか？　いや、できるわけないな」

「うん」

期待してはいなかったので、その返事に落胆もしない。逆に料理は得意だとか言われたら驚愕《きょうがく》してしまう。

「うーん。なんとかなるだろ」

楽観主義者の久留米は、とっとと着替えてそのまま寝る態勢に入った。今頃になってアルコールが回ってきて眠い。生きる死ぬの問題ではないなら、明日にでもまた考えればいい。

毛布を被《かぶ》る前に濱田の言葉を思い出した。

「一応、病院に行けって奴が言ってたぞ」

「いいよ。もう、大丈夫だと思うから」

久留米のほうを向かないまま魚住がそう答える。疲れたような声だった。久留米は無理強いはせず、目を閉じながら、

「ま、生きててよかったぜ」

と言った。

魚住の返事はなかった。

大学の並木道は色を少しだけ変え始めて、秋の到来を小声で語っている。

もっとも毎日通っている人間は気にも留めずに、ただ歩くだけだ。マリも昔はそうだったが、卒業してからはこの並木道をとても好きになった。だからゆっくりと歩く。歌のひとつでも呟《つぶや》きながら、歩くことを楽しむ。昼間が空いているマリの趣味は散歩だった。大学コースもお気に入りのひとつだ。時々魚住にも会えるがさすがに先週倒れたばかりなので、まだ研究室には来ていないだろう。

気の早い落ち葉をサクリと踏む。

空が高い。そして青い。

その空に向かって煙草の煙を細く吐きながら、ゆるゆるとした散歩に没頭していると、背後から声をかけてくる人物があった。

マリが華やかにカールした髪を揺らしながら振り向くと、濱田が立っていた。

「あら。濱田センセ」

「僕ねぇ、先生って呼ばれるの苦手なんですよ。この間も言ったけど」

ノータイのスーツ姿で濱田が苦笑する。

「でも講師してるんでしょ？　それに先生ってカンジなんだもの。医者か教師って顔」

「それはどうも」

「褒めてないのよ。エラソーだって言ってるだけ」

ケラケラッとマリは笑った。

「ああ、それとも先生より博士《ドクター》って呼んでほしい？」

「勘弁してよ」

濱田は苦笑を零《こぼ》し、マリと並んだ。ふたりは歩調を揃える。

「あのあと、どうなったのかしら？」

「ああ、久留米くんから電話がありました。全然気にかけてなかったみたいだ。彼もしかして、目がついてないんじゃないの？」

あからさまな嫌みを笑顔で言ってよこす。

「久留米は魚住のことを特別気にしてないから」

「しかしねぇ。一緒に住んでたら普通はわかりそうなもんです。どう見たってあれはまともに食べていない」

マリは新しい煙草を取り出しながら、あんたはなにもわかっちゃいないのよと言い含める微笑を浮かべる。濱田は不服そうな声音で続けた。

「魚住くんは二か月ほどで、少なく見積もって三キロは落ちてますよ。病気をしたわけでもなくね」

「よく魚住を観察してるのね、センセ」

「まあね」

「魚住に興味があるの？」

「ありますよ。彼は変わってて、なかなか面白い」

「まあね、あいつはパンドラの箱みたいよ。いろいろとんでもないものが出てきて、びっくりしちゃう」

マリは笑いながら言い「最後に残るのが『希望』だといいんだけど」とつけ足した。

「あの男は、魚住くんの親友かなにか？」

「久留米？　さあねえ。親友ってどういう関係をいうのかしら？」

「一般的にいえば、とくに親しい友人」

紅《あか》いくちびるが煙を吐いた。

「魚住は友人自体が少ないの。久留米はその数少ないひとりね。でも大学の時はそれほど親しくもなかったようだけど」

ランニング中の男子学生群がふたりとすれ違う。ほとんど全員がマリを振り返る。ぴったりと丸い尻《しり》を包んだ革のホットパンツのせいだ。そこから長い脚が伸びやかに出て、膝《ひざ》から下は黒く光るエナメルのブーツに隠されている。

「病院に、行ったかな。魚住くんはわりとずさんなところがあるから」

「ズサンよォ魚住は。中でも自分のことに関しては徹底的に無頓着《むとんちゃく》ね。病院なんかまず行かないんじゃない？　自分の健康保険証がどこにあるのかだって知らないわよきっと。っていうか、保険料ちゃんと払ってるのかしら」

自分の台詞《せりふ》にうんうんと頷《うなず》いているマリに濱田が聞いた。

「あなたは魚住くんとは長いつきあいなんですか？」

「久留米よりはね」

「魚住くんは、どういう人なんでしょうね」

マリは、路面に横たわる落ち葉を見つめながら立ち止まった。煙草を捨て、ブーツの爪先《つまさき》で踏み消す。

「魚住はね、まだバカな子供なのよ」


研究室で倒れてから十日ほど過ぎると、魚住は体調を取り戻した。

おそらく体重も多少は増加しているはずだ。ヘルスメーターがないので数値的根拠はないのだが。

久留米の宣言通り、ふたりの食事からインスタントは極力排除された。とはいってもたいしたものは食べていない。久留米は仕事があるので食事の支度は無理だし、魚住は徹底して家事能力が欠けている。見事としか言いようがないほどに欠落している。

それを補填《ほてん》したのがサリームである。

「魚住さん。料理のコツは三つ。準備と火加減とタイミングです」

「なんだかスポーツみたいだなぁ」

「ちょっと、似てますね」

「おれね。運動ってだめなんだよね」

「だいじょうぶ。ゆっくりいきましょう」

マメで面倒見のいい彼は、実に根気よく魚住に最低限の炊事を教えた。

まずはガスの元栓の場所からである。そして米の量り方に洗い方。久留米の部屋には計量カップがなかったので、魚住が研究室から古いメジャーカップを持ってきた。炊飯はジャーがしてくれるので問題ない。味噌汁《みそしる》はインスタントも可で落ち着いた。無理をすると長続きしないのはわかっているのだ。さらにテフロンのフライパンは熱しすぎてはいけないと教え、肉は先に炒《いた》めるべきであることを教えた。

奇跡は起きるのである。やがて魚住は肉野菜炒めが作れるようになった。とりわけ美味ではないが、食べられなくはない程度の成功は収めていた。

そのほかのおかずは久留米が帰りに惣菜《そうざい》を買ってくる。たまには納豆と卵だけの夕食もあるが、ふたりとも米があれば満足なタイプなので問題ない。さすがにそれが続くと外食にしたりもする。部屋で食事をするのに慣れると食器洗いもさして苦ではなくなった。もとよりたいした数の食器はない。魚住よりは久留米のほうが丁寧に洗う。

料理ができるようになったことが魚住は嬉《うれ》しかった。

顔にはあまり出ないのだが、かなり嬉しかった。サリームにはそれがわかっていた。かすかに口元の筋肉を弛緩《しかん》させ、瞳《ひとみ》の色を穏やかにする魚住を見るとサリームもとても嬉しかった。

今日はマリがやってきて、魚住の肉野菜炒めを食べている。

「ん。食べれるじゃん。美味《おい》しいよ」

「うん」

魚住はマリにつられて少し笑った。

「体重も戻ってきたみたいね」

「ああ。あの時はありがとう。久留米に連絡してくれたんだよね」

「久留米、怒ってた？」

「いや。怒りはしないけど。濱田さんになんか言われたみたいで機嫌は良くなかった」

「まァ、多少は久留米にも責任がなくはないからしょうがないんじゃん？」

大きすぎるキャベツを箸《はし》で摘《つま》んでマリが言う。

「べつに久留米はなにも悪くないよ」

「悪くはないけどさ。原因はあいつだもん」

「どうして」

やはり大きすぎるニンジンをマリは口に入れた。魚住が包丁を持つことはマリにとってもかなりの驚きだったのだが、それを言葉にはせず、ただ褒めてやった。

「なんで久留米に原因があるの?」

マリはニンジンを飲み込んでから魚住に向かって、

「バッカねぇ、あんた」

と笑った。バカ扱いされた魚住は釈然としないながらも、そういえばマリにもなにを言われても腹が立たないことに気がついた。

「自覚、ないの? あんた言ってみりゃ拒食症だったのよ、ここしばらく」

「拒食症? おれが? けどご飯食べてたよ、ちゃんと」

「本当に? 三食? 毎日?」

「うん。うん? あれ? ええと」

魚住は言い淀《よど》んでしまう。

「ほーら。見なさい」

夏、味覚を取り戻してから食べることは楽しかった。久留米とならばインスタントラーメンでもカップ焼きそばでも美味しく感じられた。味がわからなかった時に比べれば、塩と砂糖の区別がつくだけでも素晴らしいことだった。

だがある時気がついた。久留米が仕事で遅くなった日だ。深夜、ひとりで食べたインスタント食品の味がぼやけている。

翌朝、久留米は午後出社だと言ってゆっくり起きて朝食のトーストをふたりで食べた。イチゴジャムの甘酸っぱさはきちんと存在していた。

やがて魚住は、久留米がいないと食事を怠るようになった。

空腹をまったく覚えないわけではないのだが、もう少しあとで食べようと思ったままやり過ごしてしまう。久留米の仕事が立て込んで、帰りが遅くなる日が続けば魚住の夕食は何日も消失する。昼は食べたり食べなかったりだったのが、完全に消滅した。食べるのは朝の簡単な食事だけになり、それさえも久留米が寝過ごせばなくなるのだ。

一日一食足らず。倒れるはずである。

「あんた、あたしに一度ポロッて言ったじゃないの。久留米がいると味がわかるようになったんだって」

「そう……だっけ？」

「言ったのよ。だからあたし、ヤバイかもって思ったもん。つまり、久留米がいないと味がしないってことでしょ。そしたら案の定、久留米のいない時は無意識に食事を拒否するようになっちゃって、挙げ句の果てには栄養失調。下手に味覚を取り戻したもんだから、そりゃ味のないモンなんて食べようとは思わなくなるわよね。まだ自覚があれば無理してでも食べるだろうけど。あんた、なーんも考えてないんだもの」

そうだったのか。自分のことだというのに魚住は指摘されて初めて、久留米がいる時に限り食事をしていた事実を認識した。

「あんたのおっかないとこは、自分じゃ気がついてないってとこよねー」

「でもマリちゃん。いまは？　久留米がいなくても味わかるよおれ」

あらかた肉野菜炒めを食べ終えてマリは煙草に火をつけた。

魚住が灰皿をマリのそばに寄せる。

「久留米、栄養失調って聞いて、なんか言ってた？」

「なんでそんなことになるんだって」

「ほかには？」

「ああ……ええと」

魚住は自分の耳朶《みみたぶ》を引っ張った。これは魚住の癖である。考えている時、あるいは言いづらい台詞の前に頻出することをマリは知っている。

「心配したって。少し」

「心配、ね」

マリが魚住にかからない方向に煙を吐いて繰り返す。

「心配されたのね、あんた」

「みたい」

「そうよ。心配するわよ。久留米もあたしもあんたがぶっ倒れりゃ心配よ。栄養失調なんて冗談みたいな病気になりかけてさ」

「うん。ゴメン」

「わかりゃいいの。それがわかったから、味もわかるようになったのよ」

そう教えると、魚住はぼんやりとマリを見る。

「なんで？」

その反応にマリは頷《うなず》く。さもありなん、と。

「いい。わかんなくていいの、まだいまは。ホラ、あんた自分の分全然食べてないじゃないの。お食べなさい」

子供を促すようにマリが言い、うん、と魚住は冷めかけた自作の料理を食べ始めた。

少し水っぽくなってしまっている。だが味は健在だ。

舌に載り、味蕾《みらい》を刺激するのは塩の辛さ、胡椒《こしょう》の香り、豚肉のかすかな臭みと野菜の甘み。香ばしいのは醤油《しょうゆ》を鍋《なべ》はだに落としたからだ。

ちゃんと、サリームの言う通りに作った。

味がある。たしかに存在している。

久留米は今頃、仕事で都内をかけまわっている。だからここにはいない。けれど魚住の味覚はこんなに鮮明だ。いままで失っていたことが信じられないほどに。

今度はカレーを教えてあげますとサリームは言っていた。彼のことだからきっと本格的なインドカレーだろう。香辛料がたくさん入っているのだろう。早く覚えたい。そうしたら、マリにも味見をしてもらいたい。

久留米は、旨《うま》いと言うだろうか。

ラフィン　フィッシュ

誰にでも苦手なものというのはある。そしてそれはあまり他人には知られたくないものだ。

いわば弱点であるから、できる限り隠しておきたい。その苦手なものが結構情けなかったりすればなおさらである。

だから久留米は言わなかった。魚住には言いたくなかった。

たとえ安アパートであれ一室の主として、居候たる魚住に対し、高飛車とまではいかなくとも、比較的高圧的な物言いをしている久留米である。さんざん魚住のことをトロいとか虚弱だとか自立していないなどとこきおろしてきたいま、そのことについてはどうにも言いだしにくい。

だが限界にきていた。

他人の様子を窺《うかが》って、口に出さないことまで察するなどという高度な気の遣い方が、あの魚住にできるわけがない。従って久留米がはっきりと言うまではそれをやめることはないだろう。

十月も半ば、肌寒くなってきた夜道をアパートに向かって歩きながら、久留米は悪い予感を抱いていた。金曜日である。明日は久留米の仕事も、魚住の研究室も休みだ。きっと魚住は先週と同じことを言いだすだろう。

ああ、イヤだ。気持ちが悪い。耐えられない。なんだってあいつはあんなモノを見たがるのか。神経がどうかしてるんじゃないのか。

いや神経は確かにどうかしている。奴が普通だとは思っていない。そういう魚住と一緒に暮らしているおれはたいした奴だ。でもあれだけはだめだ。この際はっきりと意思表示をすべきだろう。だいたいおれの部屋なんだから遠慮することはない。しかしどうにも言いにくい。男として、情けないじゃないか。

そんなふうに考えあぐねながら部屋のドアを開けると、魚住がいつものように平淡なイントネーションで言った。

「おかえりー」

振り返った魚住の手には……やっぱりそれがあった。

「飯食ってないだろ。サリームがおでんわけてくれたよ。コンビニのじゃないやつ。すぐ食べる？」

見れば狭いキッチンのガス台には、ちくわやらはんぺんやらが入っている鍋があった。久留米はおでんが好きである。

「おまえ食ったのか」

「まだ。食ったらさ、今日はこれ観よう」

きた。きたきた。やっぱりきた。

久留米はそのパッケージを見ないようにしながら背広をハンガーに掛ける。

「死霊の臓物パート3。シリーズ最高傑作なんだって」

小綺麗《こぎれい》に整った顔の、やや尖《とが》った顎《あご》に細い指をかけながら魚住が言う。

その指は顔から離れるとビデオパッケージに移動してつつっと表面を愛《いと》しげに撫《な》でた。あまり感情が表面化しない魚住だが、久留米にはわかる。ご機嫌なようだ。なんて悪趣味な男だろう。

「リアルに飛び出す血しぶきと内臓。ショッキングな映像に全米で失神者続出、だって。心臓の弱い人は見ないでください？　ふーん、そんなにすごいのかなぁ」

わくわく。

そんな文字が魚住の細い身体から発散しているような気がして、久留米は眉根《まゆね》を寄せる。本来ならこの表情は魚住の専売特許であるはずだ。各種心身症をひっさげて突然居候を決め込んだ、この顔だけはいい厄介な友人は、なにも考えていないくせに深く悩んでいるふうな顔をよくするのである。だからひどく繊細な人間なのだろうと周囲に誤解される。いやもちろん繊細な部分もあるのかもしれない。だからこそストレスが原因の味覚障害などということになったのだろう。かなり長い間患っていた『なにを食べても味がしない』という症状はほぼ完治したようである。なぜだか久留米にはわからないが、とにかくここに来てから治ってしまったのだ。

「久留米、ビール飲む？」

「風呂《ふろ》入ってからな」

正確に言えば風呂はない。この部屋にはシャワーが備えつけられているだけだ。安定しない温度のシャワーを浴びながら久留米は考えた。

先月テレビが壊れ、ビデオ内蔵のものに買い換えたのはいいが、それ以来魚住が借りてくるのはどれもこれもグチャグチャのドロドロの臓物飛び出し系ばかりだ。

――もしやおれがスプラッタが苦手だと知っていて、わざとあの手のモノばかり借りてくるのではないか。

いや。それはないだろう。

頭をいいかげんに洗いながら久留米は思い直す。魚住は他人が嫌がっている様を見て面白がるような男ではない。それはべつに人格者だからではなく、単にそういう画策する余裕がないだけだ。

余裕……流れていく泡を見ながら、久留米は自分の思考を反芻《はんすう》した。

数か月とはいえ一緒に暮らしていれば自然とわかってくることもある。もちろん理解に苦しむ部分も相変わらず多々あるのだが、それでも以前よりはわかってきたように感じる。魚住には余裕がないのだ。善意にしろ、悪意にしろ、他人になにか働きかける余裕がない。自分のことすら御しきれずに戸惑っている節がある。学生時代からなにを考えているのかわからない奴だった。そのランダムで、時に破滅的な行動パターンは余裕のなさゆえなのだろう。

時々、魚住は子供みたいな顔をする。

なんのことはない。子供なのだ。

なにをどうしたらいいのか、まったくわかっていない子供みたいなものだ。

そうだ。子供だ。久留米はひとり頷《うなず》いた。子供というモノはああいったスプラッタムービーが好きなモノだ。大人である自分がガキである魚住に合わせることもなかろう。魚住に関する考察はこのようにして途中から一気に短絡的なものとなり、ただ久留米自身が内臓露出映画を拒否する言い訳になりさがってしまったのだが、当人は意気揚々と浴室から出ていった。

苦手な状況を避ける大義名分ができたわけである。

「え。観ちゃだめなの」

「ダメだ」

予想していなかった久留米の言葉に、魚住は箸《はし》からはんぺんを落としそうになった。

「なんで」

「だめだからだめ」

「なんで？」

「なんでも」

「もしかして」

そこで言葉を切り、魚住は黙ってしまう。

「なんだよ」

多少、ビールによる勢いもあり、久留米は挑むように続きを促した。

「いや、いい」

視線を久留米からはんぺんに移行し、魚住はそれ以上言わなかった。久留米は満足に箸も操れない目の前のヤサ男を少し睨《にら》む。言いたいことがありゃ言えばいいじゃねーかと思った。

「なんだよ。言えよ」

強制を含んだ口調に魚住が眉間《みけん》に皺《しわ》を寄せる。もしくはカラシのつけ過ぎか。

「ええと。その、もしかしてあの手の映像は久留米にはヤバイわけ？」

「はあ？」

「そういう人、たまにいるだろ。もしそうだったら、悪いことしたなァ」

言っている意味がよくわからない。ヤバイというのはなんだろう。

コワイならよくわかるし、正確である。だがヤバイとコワイではニュアンスが少し違うのではないか。久留米がどう返事をすればいいのか考えている間に、魚住が飯粒を口の端につけたまま淡々と続けた。

「ほら、おれは知っての通り不能だから。その辺の配慮に欠けてたんだな。悪い」

あまり反省しているようには見えない顔であるが、言葉に出す以上は魚住は本気で悪かったと思っている。申し訳なさそうな顔、というのができないだけなのだ。

「ちょっと待てよ。なんの話だ。なんか食い違ってるような気がするぞ」

久留米がやや早口に言った。どうして不能の話が出てくるのかわからない。

「ええと、なんだ？　おまえまだあっちのほうは治ってないのか」

「うん。勃《た》たないよ。相変わらず」

「そうか。そりゃ気の毒だな。けど、なんでいまその話題が出てくんの？」

「え」

魚住がまた訳のわかっていない子供の顔をした。口を半開きにして久留米の顔を見ている。

しばし、ふたりは沈黙した。

「おまえ……飯粒ついてるぞ」

「あ。うん」

魚住は自分の顔を探ったがうまく目的の一粒に辿《たど》り着かない。久留米が見かねて、長い腕を向かい側から伸ばしてそれを取ってやった。

「ちゃんと食えよ。ホレ」

そのまま指先の米粒を魚住のくちびるに突きつける。久留米の指先から、餌《え》づけされる小鳥のように魚住がそれを食べた。本当に子供みてぇな奴だ、と久留米は鼻で笑った。馬鹿にしたのではなく、鼻で笑わないと奇妙に優しい顔をしてしまいそうだったのだ。そんな顔を魚住に見せたってしょうがない。向こうだって気持ちが悪いだろう。

「で。なんだっけか」

放っておけばいつまでもぼんやりしている魚住に向かって、再度問題提起をした。

「ああそうだ。おれがスプラッタを見るのが嫌なのと、おまえのインポと、どういう関係があるわけよ」

魚住はふたつほど瞬《まばた》きをした。長い睫毛《まつげ》が上下する。

「もう一度聞くけど。なんでだめなの」

そもそもこの質問に対して久留米が正直に答えなかったことが、話を込み入ったものにしたのだ。

「怖《こえ》えんだよ」

正直に言った。でないとますますややこしくなりそうだからだ。

「怖い？」

「苦手なんだよ。ああいうグチュグチュした映像はよ」

「なんだ。そうか。怖いだけなのか」

魚住は納得がいったようだ。再び食事に集中しだした。おでん鍋《なべ》を熱心に覗《のぞ》き込んでいる。

「おい。ひとりで納得するな。おまえ、なんか勘違いしたんだろうが」

「うん、そう。勘違いだった。大根、よく煮えてるよ」

「半分残しとけ。で、なにを勘違いしてたんだよ」

「うん。おれの知り合いでね、あ、飯のあとのほうがいいかな」

「いま言え。なんかすっきりしない」

そう？　と首を傾げ、大根を箸で半分に分けながら魚住は語った。

大学の先輩に、死体愛好者《ネクロフィリア》なる人物がいたそうである。

生きている女性よりも、死体のほうにより強烈な性的興奮を感じるのだそうだ。とくに腐りかけてたり、内臓が見えたりすると好ましいと語っていたという。その人物はマスターベーションの際にスプラッタムービーを愛用していたらしいが、そのうちにフィクションでは物足りなくなって、医学部から解剖実験のビデオを無断で持ち出し問題になった。あげくのはてにホルマリン漬けの臓器標本を盗み出そうとし、見つかって退学処分になったという。

「いろんな人がいるよねぇ」

魚住は大根を食べながら感心したように言ったが、久留米は一気に食欲が失《う》せた。黙って出来合いのえげつないビデオを観たほうが遥《はる》かにましであった。

食事がすむと、魚住は借りてきたのに観られなくなったビデオテープを弄《もてあそ》びながら、思い出したように言った。

「ああ、おれ、研究室変わることになった」

「はあ？　なんで？」

「うちの教授、倒れちゃったんだよ。肝硬変で」

　魚住は確か細菌学だかなんだかをやっていたはずだと久留米は記憶している。自分とはかけ離れた分野のことだから詳細はわからないし、聞いたこともない。興味もない。ちまちました仕事だな、と思っている程度である。

「酒の飲みすぎか。サラリーマンと変わんねぇな、大学教授も」

「そう。だからうちの講座は閉鎖になっちゃって……まあ、もともと人数も少ない弱小研究室だったんだけど……」

「どうすんの、おまえ」

「免疫のほうに行くことになったらしい」

「らしい？」

「うん」

　けほん、と咳《せき》をしながら魚住が頷いた。久留米はヘビースモーカーなうえに部屋は恐ろしく狭いので、すぐに煙草の煙が充満するのだ。

「窓開けろよ。その、らしいってのはなんなんだ？」

　自分の部屋なので久留米が節煙を心がけるはずもない。どっかりとベッドに座ったまま魚住に指図だけする。ややむせながら文句も言わずに窓を細く開け、魚住はぼんやりと答える。

「なんか、どうしようかなーって考えてたら濱田さんが免疫に来なさい。僕が鍛え直してやるから、うん、そーしたまえ、なんてことを言って」

細い風が、六畳間に流れる。

「んで、なんかそうなったみたい」

「ばっかじゃねーのか、おまえは」

久留米は濱田をあまりよく思っていなかった。

電話でしか喋《しゃべ》ったことはないのだが、感じのいい男ではなかったからだ。高い声と、ハキハキし過ぎる喋り方が癇《かん》に障って、高学歴を鼻にかけたようなイメージができあがってしまっていた。

想像の中で、勝手に銀縁の眼鏡なんかをかけさせてしまったくらいだ。

「てめえのことくらい、てめえで決めらんないのかねー。いい歳して」

「寒くない？　久留米」

馬鹿にされているということにまるで気がついていないように、魚住が聞く。

「寒かったら言えよ、閉めるから」

「おまえ、おれの話聞いてる？」

「うん。でもおれ、自分のこと決めるの苦手みたいだから、まあ、いいやと思って」

まあ、いいや。久留米はその一語に魚住の人生が集約されているような気がした。

「免疫、面白そうだし。利根川《とねがわ》さんの本面白かったし」

「はあ？　誰、それ」

「何年か前、ノーベル賞取った人いただろ。日本人で久しぶりに」

「知らん」

新聞で見たような気もしたが、あまりに自分と関係ないので久留米は綺麗《きれい》さっぱり忘れてしまっていた。久留米にはどうでもいいことのひとつにすぎないから仕方ない。

「なにをしたんだ、そいつは」

そう尋ねると魚住は難しい顔をして、薄い手のひらで髪を掻《か》き上げた。細い毛が無造作にパラパラと指の間を滑る。

「抗体の多様性生成の遺伝学的原理の解明」

「はあ？」

「説明する？」

ベッドの上に向かってそう問う。

「長いか？」

「うん。まあ、それなりに」

「じゃあ、いらん」

「うん。それがいいと思う」

「おまえ、本当にそれ、わかってんの？」

「ん」

「ふーん」

鼻から煙を出しながら久留米は魚住の横顔を眺めた。

敬虔《けいけん》なクリスチャンが聖書を拝むようにスプラッタビデオを両手でおしいただき、裏書きを熱心に見つめている。普段の魚住は、日常生活でさえ危うい役立たずである。が、一応、理学の大学院まで行っているのだから専門的な知識はある。当然ではあるが、久留米にはどこか不思議だった。この間まで米の研ぎ方すら知らなかった男にノーベル賞の話をされてもピンとこないのだ。

思い出したように、魚住が小さく言った。

「……マリちゃんに最近会った？」

「いや」

「あのさ。連絡あったらさ、研究室変わったこと言っておいて」

「おまえのほうが会うこと多いだろ」

「そんなことないと思う。前会ったのは肉野菜炒《いた》めを味見してもらった時で……それ以来会ってないよ。電話もない」

「おれ、あいつの連絡先知らないぜ」

久留米は短くなった煙草を慎重に吸いながら言った。

「え。知らないの？」

「知らん。自分で連絡しろよ」

「だから。おれも知らないんだよ」

意外な事実であった。

魚住と久留米は顔を見合わせる。お互いに相手が知っていると思い込んでいたのだ。

「ってことは、あれだねぇ」

魚住が小首を傾げて言う。

「マリちゃんが今夜突然死んだりしても、おれたちには全然わかんなくて、どうしてるのかなァ元気にしてるかなァ、とか思いながら、ずうっと生きてるものと思いながら、暮らしていけるわけなんだ」

「おまえの日本語、よくわかんねぇぞ」

久留米はしかめっ面をした。なんでマリが今夜突然死ななければならないのだ。

「今度会ったら電話くらい聞いとくさ。くだらんこと言ってないで、鍋《なべ》でも洗え」

ああ、そうだね、と魚住は立ち上がる。安アパートの床がミシリと音を立てる。

マリという女は、以前から変わったところのある女だった。

久留米はそのエキセントリックなところに惹《ひ》かれてつきあいだしたのだ。個性的だし、ものをはっきり言い過ぎる傾向はあるが、根は優しいので友人も多かったはずだ。頭の回転が速く、顔もスタイルもなかなかのものだったから、自慢の恋人であった。口にはしなかったが、そう思っていた。

マリは最後まで、自分の奥底にあるものを久留米には見せなかった。そんなものがあることすら、気づかせもしないつもりだったのかもしれない。だが久留米は気がついていた。自分にはどうしても、踏みこめない部分を持った女だということに。

マリと魚住は以前から気が合うようだ。少なくともマリは魚住がお気に入りである。顔がいいというだけの理由でもなかろう。

ふたりとも、自分とはカテゴリの違う人間であるような気がする。どう違うのかはうまく説明できないのだが、なんとなくそう思うのだ。久留米のほうは、それでもかまわなかった。マリが本当はどういう人間なのか、本当はなにを考えているのか、そんなことはつきあっていくうちに少しずつわかっていくだろうと考えていた。

けれど、マリは自分から離れていった。自然消滅に近い形だったが、直接的な原因はマリが突然、長期旅行に出かけてしまったことだ。旅行しようと思うから、とだけ言い残し、その翌日にはいなくなっていた。行き先も告げずに。

マリはそんなふうに離れていった。

そして、魚住はここにいる。

遠慮している様子もなく、かといって当然という顔もせず、ふわりと浮かんだ埃《ほこり》のようにこの部屋に住みついている。

かれこれ四か月になるだろうか。なんでこの男をいつまでもこの部屋においてやっているのか、久留米自身よくわからないでいた。

濱田が所属する免疫学の研究室は、裏門近くの校舎に位置している。五階である。

魚住は階段を上りながら、何度もやめればよかったと思っていた。これから毎日五階までこの運動をすることに閉口したのだ。エレベータもあるが、魚住はあの閉塞感《へいそくかん》と浮遊感が苦手で、まだ階段のほうがましかなと思ったのだ。だが三階の途中ですでに心拍数アップを感じ、すでに後悔していた。

「や。来たね」

研究室では濱田が出迎えてくれた。まだ朝の九時だというのに、ほかにも数人の白衣姿が見える。活気ある研究室なのだろう。予算もたくさんもらっていそうだ。新機種のコンピュータも数台が並んでいるし、高価な実験機器も最新の型が揃っている。魚住が以前いた研究室とは、気合いも環境も違う。

「はあ。来ました」

脱力した返事をして、魚住は上着を脱いだ。濱田以外の人物に横目で観察するように見られているのを感じる。

「日野《ひの》教授はまだなんだけど、とりあえずほかのみんなに紹介しておこうか」

力なく、魚住は頷《うなず》いた。初対面の挨拶《あいさつ》というのが魚住は下手である。苦手というのではなく、ただ限りなく下手くそなのである。濱田は面白そうに所在なげな魚住を見ながら、集まってきた連中に紹介を始める。

「魚住……ええと下の名前はなんだっけ？」

本人が返答する前に、ひとり背中を向けたまま、プリンターからストックフォームを引き出していた女性が言った。

「真澄よ」

「魚住、真澄」

繰り返しながら振り向いた顔を、魚住は覚えていた。

髪形は変わり、顎《あご》の線で切り揃えたボブスタイルになっていた。以前より痩《や》せたようだ。あの頃はもう少しふっくらとしていたように思える。

「あれ……あ、ええと……」

だが、名前は忘れていた。最低であると評されても仕方がない。魚住はつきあった女の名前をよく忘れるのだ。

「おや。荏原《えばら》さんと知り合いかい？」

ああ、そう、そんな名前だった。焼き肉のタレみたいな。と、魚住は思い出していた。

「よかったじゃないか、魚住くん。僕のほかにも知り合いがいて」

なにも知らない濱田は笑いながらそう言った。あるいは敏感になにかを察して嫌みに近い意味を込めて言ったのかもしれないが、そのへんは魚住には判断できないし、まあどうでもいいことだった。しかし、この研究室に荏原響子《きょうこ》がいたことには驚いていた。

とてもそうは見えない落ち着いた、あるいはぼんやりした顔のままなのだが、魚住は驚いていたのである。

響子は魚住に近づきながら笑った。

「奇遇よね。またあなたの綺麗《きれい》な顔が見れるなんて。それも毎日のように。――嬉《うれ》しくって死にたくなるわよ」

実に凄《すご》みのある笑顔での挨拶に、魚住は返答に詰まる。響子はすぐに顔を背け、またプリンターに戻っていってしまった。

そのほかにも教授の秘書が一名、企業からの研修生もいて、かなり大所帯のようだ。研究対象によっておおまかにグループ分けされており、魚住は響子と伊東慶吾《いとうけいご》というふたりと組むことになると言われた。

講座全体の責任者は、魚住も講義を受けたことのある日野という五十代半ばの教授で、穏やかだが単位には厳しいという定評があった。濱田は指導補佐・相談役のような立場であり、独自の研究も持っているという。

魚住自身、どうして自分がこの研究室に入れたのかはよくわからない。

免疫学は基礎的なことしかわからないし、この研究室にはほかにも希望者があったはずなのに、魚住が優先されたようだ。濱田の口添えがあったにしろ、それだけで決まるものなのだろうか。考えてみても始まらないので、しばらくは濱田について免疫学の実験方法などを学ぶことにした。

「それで？　きみ荏原さんになにしたの？」

昼休みにほかの院生たちが食事に出てしまうと、濱田は当然のように聞いてきた。

「ああ。つきあってたことがあったんですよね。もう五年くらい前ですが」

他人事《ひとごと》のように返事して、魚住はベリベリとあんぱんの袋を破いた。あんぱんと牛乳という取り合わせが好きなのである。

「ふーん。きみが捨てたんだろ」

「いえ」

「荏原さんはね、クールっていうか……普段はあまり感情を表に出さない子なんだよ。きみほどじゃないけど。でもさっきの様子はどう見ても穏やかじゃないじゃないの。ひどいことしたんだろう、きみ」

紙パックの牛乳にストローがついていなかった。どこかに落としてしまったらしい。

「いえ。おれがふられたんです」

仕方ないのでパックの端を破くことにした。防水加工の紙というのは、結構破きにくいものだ。上手《うま》くいかない。

「そういうふうには思えないけどねぇ、僕には……なにしてんの、きみ」

力任せに引きちぎったら、魚住の手はミルクだらけになってしまった。あれれ、と思いながら自分の両手を見る。ハンカチは持ってきていただろうか。

「ほら、これで拭《ふ》いて。ああ、半分以上零《こぼ》れたんじゃないの？　きみはホンット世話のかかる人だね。そういうところが母性本能とやらにアピールするわけかな」

「おれ、女の子ふったことないです」

濱田のハンカチを牛乳まみれにしながら、魚住は本当のことを言った。

「にしちゃあ、きみのご乱行ぶりは一時期有名だったじゃない」

「でも、おれ、いつもふられてましたから」

「どうして」

「さあ？」

ハンカチを洗いもせず、ハイドーモと濱田に返す。濱田は重くなったそれを困ったように見て、とりあえず机の上に置いた。

あんぱんを食べながら、魚住は唐突な質問を濱田に向けた。

「おれって、最低ですかね？」

「ええ？」

濱田は苦笑した。

「どうかな。まだ魚住くんのことよく知らないからね。個人的には気に入ってるよ。面白くて」

「はあ」

「なんでそんなこと聞くの？」

「いや、よく言われるから」

「最低だって？」

「はあ」

すでに昼食をすませた濱田は、煙草をふかしながら思案げな顔を見せた。濱田もインテリ美形とでもいうような顔であるから、女性問題には慣れているのかもしれない。

「なにをもって最低とするのかにもよるからね。ま、たいていは浮気だとかそのへんなのかな。けど男なんて大多数はそういうものでしょ」

「おれ」

言いかけて、口の中のあんぱんが邪魔であることに気づき、魚住は飲みにくい破れ口から牛乳を含んだ。

「男としてじゃなく、人間として最低だって言われますけど」

言い終わって、ふう、と溜息《ためいき》をついた。

牛乳の大半が零れて減ってしまったことが悲しかったのである。べつに人間として最低と言われたことについての溜息ではない。かといってもう一度買ってきてまた五階まで階段を上がるのは想像を絶する労働であるように魚住には思えた。

濱田はしばらく考えていたが、いい言葉が浮かばなかったらしい。それきり沈黙とカロリーの摂取を続ける、よくいえばアンニュイな、正確にはうすらぼんやりしているだけの魚住を見ながら「やっぱりきみは面白いねえ」と目を細くして笑った。

魚住がちびちびと牛乳を飲んでいる頃、荏原響子は学食でAランチを食べていた。味など、わからない。魚住の顔を見ただけで怒りやら興奮やら自己嫌悪やらが怒濤《どとう》のように彼女に襲いかかってきて、その余波が胃の深部でまだ逆巻いているのだ。

「響子さん」

後輩の伊東が声をかけてきた。向かいに腰掛けている彼はすでに食べ終わって紙コップのコーヒーを飲んでいる。響子はおかずのコロッケを解体しているばかりでなかなか食事がはかどらない。

「え。なに」

「魚住さんて、どんな人なんですか」

「最低の男よ」

間髪《い》を容れず響子が答える。コロッケはさらに細かく分解される。

「いえ、人間として最低よ」

「はあ。なんかあったんですか。魚住さんと」

「言いたくないし、言わないわ」

「色恋沙汰《ざた》ですか」

「言わないってば」

「いい男ですからねぇ。おれ、間近で顔見たの初めてでしたけど、なるほど美形ですよね。眉《まゆ》なんか描いたみたいだし、睫毛《まつげ》なっげーし。でも目つきだけちょっと幼くって」

静かに、だが確実に機嫌の悪い響子に向かって冷静に伊東は言う。

「あれならよりどりみどりですね、ほんと」

「うるさいわよ伊東くん」

響子の不機嫌にかまわず、伊東は続ける。

「やはり、人間は顔がいいと得なことも多いと思うんですよ、おれ」

響子はうんざりした表情を見せたが、なにも言わなかった。勝手に言ってなさい、とばかりに視線をAランチに落とす。

「おれももう少し色気のある顔だったら、人生変わってただろうなぁ、とか」

そういう伊東は関西の若手お笑い芸人のような雰囲気の顔をしている。好感は持てるが、特別造作に優れているということもない。白衣の下に覗《のぞ》く格子のシャツなどはなかなか気を遣っているようだ。理系にしては頑張っているといっていいだろう。

「濱田さん、魚住さん……うちの研究室、いっきにレベルアップですねぇ」

顔を上げた響子が、再度うるさい、と言おうとした瞬間、別の声が背後からそれを遮った。

「魚住？　いま、魚住って言った？」

驚いて響子が振り返ると、まず目に入ったのは細く締まったウエストだった。

声の主は立っていて、トレイにうどんらしきものを載せている。伊東は返答を忘れたようにその女を見ていた。あまりに学生食堂に似つかわしくない人物だったのだ。

ぴったりとボディに張りついたラメ入りブラックのニットワンピース、長さは短いが銀色に染まった爪、惜しげなく露《あら》わな大腿部《だいたいぶ》――百歩譲って女子大ならともかく、男女共学のしかも理系の敷地内で、これだけ派手な女性はそういない。またそれが似合っている。こんなに水っぽい格好が嫌みなくハマる女も珍しい。うどんを持っているのが不思議なくらいだ。

「マリ……さん？」

響子が自信のなさそうな声を出した。

「うん？　ありゃ、響子ちゃんじゃん。あんたってばまだ学校にいたの？」

「きょ、響子さん、お知り合いですか」

伊東は声を上擦らせている。その隣にマリが当然のように腰掛ける。

「そっか、院に進んだんだ。あんたお勉強のできる子だったもんね。久しぶりだあ。響子ちゃん痩《や》せたんじゃない？」

「え、ええ。マリさんも、あの」

ずいぶんとハデになって、とは響子には言えなかった。ふたりは二年生までいくつか同じ講義を取っていて顔見知りではあったが、さほど親しい間柄というわけではない。三年からはそれぞれの専門講義に移行するので、あまり顔も見かけなくなった。

「でさ。いま魚住の話してなかった？」

「はい、してました！」

即答したのは伊東である。

「あの子、どこにいんの？　さっき研究室行ったらもぬけの殻で、しかも閉鎖されたって聞いてさぁ」

「あそこの教授が入院しちゃって、魚住さんはいま僕たちがいる免疫学講座に来てるんですよ」

「ああ、そうなの」

ずずっ、とうどんを啜《すす》りながらマリが頷《うなず》いた。

「ちょっと、すぐに食べ終わるからさ。案内してくんない？」

「はい！」

またしても答えたのは伊東であった。

響子は魚住とマリが知り合いであるという事実を、この時に初めて知った。

「それにしても、相変わらずまっずいうどんだわねぇ」

華やかに巻かれた栗色の髪を搔《か》き上げながら、マリがどこか嬉《うれ》しそうに言った。


「それで、魚住さんには会えたんですか？」

「ええっ？　聞こえないわよ、サリーム！」

騒音の中での会話は困難である。

この場合の騒音とは主に特殊な遊技用の機械音であり、ジャラジャラ・バリバリ・ピコピコなどと形容することができる。それに重なってBGMと独特の口調の店内アナウンスが交錯し、通常レベルの音量での会話は不可能になっていた。

しかし、サリームはくじけない。耳は痛いが、これも日本という国を理解するうえで無意味ではないと信じている。再び、声を大きくして隣に座っているマリに聞いた。

「会えたんですか！　魚住さんとは！」

「ああ！　ちょっとだけね、なんか忙しいらしくてさ！　あのすかしたセンセがさ！　魚住を離さないのよ！」

「すかした？」

「濱田！」

突然、サリームの眼前の遊技台が違う音色を奏でだした。彼にはなにが起こったのかわからない。

「ああっ！　サリーム、リーチしてる！」

「リーチ？」

「手、放さない！　そのまま！」

なんとせわしないゲームであろう。こんなに狭い場所にすし詰めになって整然と並ぶ台の前に座り、激しい音響の中でみんなよく耐えているものだ。

サリームは感心してしまう。あそこに座っている中年の男性などは耳に銀玉を詰めて栓をしている。決して音響を下げろなどとは言わずに、じっと我慢しているのだ。日本人が奥ゆかしいというのは真実なのだと留学生であるサリームは思った。

　二千円が、二万円になってしまった。

　なるほど、これではこのゲームに人気が出るはずだとサリームは納得していた。なぜだか店から少し離れた看板も案内もない場所で換金された万札は、楽とは言えない生活の中では大変ありがたかった。

「ううん、これはすごいですね、マリさん」

「ビギナーズラックの典型みたいな人ねー、あんたってば。習慣化しないように気をつけなさいよ？　あたしなんか、ずいぶんスッちゃった」

「ああ、負ける人がいるからこそ、僕が勝てたんですよね。なにか御馳走《ごちそう》します」

「いいわよ、このコーヒー代あんたが出したんじゃない」

「でもマックです」

「あたしはこの薄いコーヒー好きなのよ」

「気を遣っていただいて恐縮です」

「いいえ、お気になさらないで。あ、うつっちゃった」

ふたりは笑った。久留米の部屋の隣の住人であるサリームであるが、最近はマリと連れだってあちこち遊びに出かけることもある。マリと一緒だと、大学では教わらない日本文化に触れられることが多い。

「魚住さん、新しい勉強を始めたんですね」

「そー。しかも昔のカノジョがいる研究室だって。業の深い男だわよねー」

「業……カルマですか」

「どうすんのかしら」

「どうもしないでしょう、魚住さんは」

「いや、女のほうよ。そりゃ魚住はどうもしないわ。あの子は空から象が降ってきたって、いつもの傘を差すわよ」

「象、ですか」

あまり象は降らないので、とりあえず大丈夫であろう。

「なんか根に持ってるみたいだしなー、響子ちゃん」

「まずい別れ方だったんでしょうか」

サリームがポテトを摘《つま》みながら心配そうに聞いた。

「あたしも知らないのよそのへん。でもさー、あの魚住が上手《うま》い別れ方なんかできるはずないじゃない」

「ですね」

「このポテト、しょっぱくない？」

「少し」

マリが塩のついた指先を舐《な》める。

「けど魚住は女の子をふったりしないんだけどなぁ」

「そうなんですか？」

「そうよ。女のほうが呆《あき》れて離れていくパターンよ。いつも」

「呆れるって、なにに？」

「なにって」

マリは言いかけて、少し考えた。しばらくして、

「全部にじゃない？」

と真顔で返す。

サリームは具体的事項が摑《つか》めないにもかかわらず、なんとなく納得できてしまった。隣人のところに居着いた不思議な男を、ある程度理解してきたということなのだろう。確かにあまり恋人向きではないとは思う。悪い人間ではない。しかし、場の雰囲気を読むことをしない。他人の気持ちを想像するという能力にも乏しいようだ。それで本人も、かなり損をしているような気がする。

「なんだか、気の毒ですね」

「女の子が？」

「いえ、魚住さんが」

「自業自得だわよ」

「はあ。そうなんですけど」

マリはぬるくなったコーヒーを一気に飲みきると、

「あれをまるごと許容できる人間なんて、聖人君子か、ケタ外れに無神経な奴かのどっちかじゃあないの？」

と煙草に火をつけた。

そして、白い煙を吐きながら、ふと通りに面したウィンドウに視線を向けると、

「あ。ケタ外れの無神経が帰ってきた」

と言う。サリームがその方向を見ると、背広姿の久留米が新聞紙にくるまったネギを片手に、商店街を歩いていた。

なかなかネギの似合う男である。


再び金曜日がやってきた。久留米は金曜は外出先から直帰してしまうことが多いので、それほど帰宅は遅くならない。

週の始めに集中して仕事を片づけるのが久留米のやり方である。金曜日に残業するのは嫌いなのだ。なんとなく虚《むな》しくなってくるからである。かといって野郎がひとりいるだけのアパートに帰るのもそれはそれで虚しいのだが、スプラッタビデオ責めがなくなったぶん、気持ちは軽かった。

今日は大きな契約も取れたし、この間の水曜日には残業中、経理の圭子《けいこ》さんからお菓子ももらえた。圭子さんは社内でもトップクラスの才色兼備である。その彼女からきのこの山をもらえるのは光栄なことなのだ。

そんなわけで久留米はいつもより、ややご機嫌であった。歩調も速い。

部屋に帰り着くと、鍵《かぎ》がかかったままになっている。つまり魚住が帰っていないのだ。魚住は在宅している時、まず鍵をかけることはない。そういう主義なのではなく、ただ面倒だからだろう。新聞の勧誘などが来ても平気なようである。どうやって追い返すのかと久留米が聞いた時には、

「新聞嫌いですからって言う」

と答えた。本当のことである。魚住は新聞や雑誌をほとんど読まないのだ。読みませんからではなく、嫌いですからと言いきるところがポイントである。

「そんなんで納得して帰るか？」

「たまに怒る人とかもいる。新聞くらい読むのが常識だって」

だが魚住に常識を求めるのは、無理というものだ。

久留米は背広から楽な格好に着替えると、窓越しに隣人に声をかけた。

「サリーム、いるか？」

安普請なので声を張り上げる必要もなく、浅黒い顔がぬっと隣の窓から出てきた。

「久留米さん。早いですね」

「魚住そっちに行ってないか？」

「いえ。まだ大学じゃないですか」

「ふーん。あの野郎、最近勤勉だな。ここしばらく帰りが遅いんだぜ」

「濱田さんがなかなか帰してくれないみたいですよ」

「あの感じ悪いインテリかよ」

「久留米さん、こっちでご飯食べませんか」

「お、いいね。今夜なに？」

「親子丼。好きですか」

「好き好き。いま行く」

久留米は窓を閉めて、五秒で隣に移動した。ちなみに鍵はかけなかった。そのへんは魚住と大差ないのである。

「ずるい。親子丼おれも食いたかった」

一時間ほどのち、魚住は帰ってきてそう言った。

「もう鶏肉がないんですよ魚住さん。また今度作りますから」

「ずるい。久留米がおかわりなんかするから」

「なんで知ってんだよ、おまえ」

「やっぱりしたのか」

うらめしそうに魚住が呟《つぶや》く。

「……えーとだな。部屋にカップ焼きそばがあるから食っても許してやる」

「親子丼……」

夢遊病者のようにそうぼやきながら魚住が自分の、もとい久留米の部屋に戻る。

「なんだかすごく疲れてるみたいですね、魚住さん」

サリームの言葉に久留米は「そうかぁ？」とだけ返したが、まもなく自分も銜《くわ》え煙草のまま立ち上がった。

「ごちそうさん、旨《うま》かったよ」

「いえ。おやすみなさい」

インド仕込みのスパイスが効いた親子丼だったらどうしようかと多少不安のあった久留米だが、ごく普通の親子丼の味であった。サリームはグローバルな味覚の持ち主なのだろう。

部屋のドアを開けると魚住が着替えもせずにへたり込んでいる。

薄く口を開けてぼんやりと壁を見ていた。

「焼きそば食わないのかよ」

「食う。はらへった……」

そう答えながらも動かない。動作が機敏でないのはいまに始まったことではないが、どことなく様子がおかしいようにも見える。

以前栄養失調で倒れられてから、久留米は無意識のうちに魚住を観察するようになっていた。とくに食に関しては見ておかないと、とんでもないことになる場合があるのだ。なにしろこの男は栄養失調の前は味覚障害だった過去の持ち主である。

「おまえ、大学でなんかあったか」

「え」

「濱田にイジめられてんのか？　可愛さあまってなんとやら、で」

「いや。いろいろ教えてもらってる……実験の基本的なこととか……免疫ってすごく細かい仕事が多くて……」

「それで疲れてんのか」

「いやそれはいいんだけど。面白いし」

魚住が自分の耳朶《みみたぶ》を引っ張る。そしてそのままゴロンと畳に転がった。久留米は死体のような魚住をまたいでベッドに上がった。胡座《あぐら》をかき、擬似死体を見る。

肌理《きめ》が細かく、触ると冷たそうだ。開いた襟から覗《のぞ》く鎖骨の窪《くぼ》みが影をつくっている。

綺麗《きれい》に仕上げられた人形のようでもある。日に焼けていない魚住の肌は磁器のように
　ふと、目を閉じたままの魚住の左手が自分の鳩尾《みぞおち》を押えた。

「胃か？」

「え？」

　久留米の問いに転がったまま目だけを開ける。

　僅《わず》かな斜視のせいで魚住はいつもどこを見ているのか曖昧《あいまい》である。いまも久留米を見ているのか、壁を見ているのかはっきりしない。

「胃が痛いんじゃないの、おまえ」

「あ……。そういえば」

　痛いかも、と答える。

　指摘されるまで自分では意識していなかったようだ。鳩尾をさすり「んー、違和感ってこういうの？」と久留米に聞く。

「わかるかよ。おれの胃じゃないんだ。……やっぱ、なんかあるんだろおまえ。それ神経性胃炎じゃねぇのか」

　久留米はベッドから下り、台所へ移動した。ヤカンに水を入れて火にかける。一瞬プロパンガスの臭いが鼻を掠《かす》めた。

「なんか食え。胃酸過多だとよくない」

言いながら久留米は保健の先生になったような気分だった。しかも魚住専属である。医学知識は魚住のほうが遥《はる》かにあるはずなのに、自分の身体についてはまるでわかっていないのが厄介である。

——また倒れられたりしたらかなわんからな。

そう自分を納得させながら、カップ焼きそばを作ってやった。果たしてこれが胃に優しいのかは甚だ疑問であるが、久留米としてはサービスしたつもりである。基本的に食事の支度は居候である魚住の管轄なのだ。

狭い部屋に、安っぽいソースの匂いが広がる。

魚住は黙って出された焼きそばを食べ、久留米の予想通り、青海苔《あおのり》をくちびるにつけたままで、

「ごちそうさま」

と真面目顔で言った。

「私には魚住くんがここにいる理由が納得できないんです」

静かに、かつはっきりと響子は言った。

「理由なんていているの？」

濱田は響子からコーヒーを受け取りながら薄く笑う。

週明け早々の夕刻、ほかに誰もいなくなったのを見計らって、響子は濱田に話があると持ちかけた。なんの話かは想像がついていた濱田は、とくに動じることもなく学内のカフェまでついていった。

「先週、ずっと見てましたけど。彼なんにもできないじゃないですか。免疫なんて専門外なんでしょう？　理論的には多少わかっていても、実験方法は基礎から濱田さんが教えてますよね。時間の無駄です」

「最初はみんなわからないさ。彼、サイエンティストとしてのセンスは悪くないよ」

「正規の手続きを踏んで講座に来たわけじゃないし」

「仕方ないでしょ。前の講座が閉鎖したんだから」

「定員オーバーです。ほかにもうちの研究室を希望していた人はたくさんいます」

「うーん。本当の理由は違うよね。荏原さん」

ずっと濱田を見据えながら話していた響子の視線がテーブルに落ちた。だがすぐにそれは戻り、彼女は続けた。

「そうですね。もっと個人的な事情です」

「顔を見るのも嫌なのかい」

「はい」

即答か、と濱田は肩を竦《すく》めてみせた。

「あの綺麗な顔を見ているのがものすごく嫌なんです」

「もう時効にしてやりなさいよ」

濱田の言葉に響子が口元を歪《ゆが》めて笑う。それは濱田の気楽な発言に対してにも見えたし、彼女自身への自嘲《じちょう》の笑みにもとれた。

「犯罪者なら訴えてやれるのにと思うと残念ですね」

日頃は理性的な響子だけに、こんな台詞《せりふ》を吐かれるとなかなか怖い。

「なにがあったのか知らないけど、色恋沙汰《ざた》の確執を研究室に持ち込まれても困る。それに、そういう問題は時間が解決してくれるものだよ」

「それは……」

「魚住くんはああいう人だから、まあ、なんというか、どうしようもないところがあるんだろうけどね。けど彼だけが全面的に悪いっていうものでもないでしょう?」

「たぶん……そうなんでしょうね」

響子の声は小さくなっていた。心の中で過去の出来事がフィードバックして、当時の痛みを思い出させているのだろうか。

魚住だけが悪いわけではない。もちろん響子も悪くはない。それでも誰かが傷つくのは、この世ではままあることなのだ。

「誰も悪くなくても」

響子が呟く。

「魚住くんが悪くなくても、私はまだ彼の顔を見て平常心を保てるほど大人じゃない。それが私自身のせいであるなら、研究室から消えるべきは私なのかもしれません」

その言葉が思いつきや脅しでないことは濱田にもわかった。真剣な顔だ。

おそらく、初めから響子はそこまで考えていたのだ。

「ちょっと待ちなさいよ。なんできみがいなくならなきゃならないんだい。そんな、子供じゃないんだから。気に入らない元彼がいるだけで研究を放棄するなんて考え、僕には理解できない」

多少きつい調子を孕《はら》んだ濱田の言葉に、一口も飲んでいない紙コップのコーヒーを見つめながら、響子は吐き出すように言った。

棘《とげ》のような、なのに悲しい声だった。

「男を男に寝取られた女の気持ちなんか、濱田さんにわかるわけないわ」

ナイフで怪我をすると血が出る。それはとてもよくわかる。納得できる。殴られると痣《あざ》ができる。毛細血管の損傷のせいだ。それもわかる。納得できる。

けれども精神的なものが身体に影響を及ぼすことは、魚住の理解の域を越えていた。

理論的にはわかっている。基礎医学の講義は履修した。精神衛生論もとっていた。

自律神経は意識的に制御できない部分を司《つかさど》っている。たとえばどう力んでみても自分で腸の動きを活発にしたりはできない。好きな時に胃の消化能力を上げたりもできない。人間は精神的にまいってくると、その自律神経がおかしくなってくるのだ。もともと消化器官の弱い魚住など、一発である。

本人は気に病んでいるつもりなどないのに、身体がストレスを訴えるなんて、理不尽きわまりない。確かにまだ研究室にも慣れないし、響子がいればピリピリした空気が張り詰めてやりにくいのは事実である。その程度で胃痛など起こす自分が嫌だった。久留米に指摘されて気がつくというのも間抜けな話だ。自覚がないままいたほうがましだったかもしれない。いまは胃だが、これが過敏性大腸炎などになるともっと悲惨である。下痢というのはみっともないうえに、ひどく辛《つら》い。

スプラッタビデオが観たいなァ。

魚住はそう思った。

作りものの死体。色とりどりのゾンビたち。

本物に近づこうとすればするほど、幻想めいてしまう血しぶきと臓物。

人間の中にはああいうドロドロブヨブヨしたものが詰まっているのだ。魚住は医学部ではなかったのでヒトの解剖はやっていないが、実験動物はよく解体している。マウスもラットも、ちゃんと内臓が入っていた。あたりまえだが、魚住は初めてそれを自分の目で確認した時、なんだか不思議であり、同時に安心もした。

魚住にとってスプラッタはファンタジーだった。

人体を構成する、現実にある臓器たちの偽物が主役を張っている。自分の内部にも存在する器官が映像という虚構の中で氾濫《はんらん》して飛び散って、それはカタルシスに近いものを魚住の中で呼び覚ます。

なにが本当で、なにが本当ではないのか。

スプラッタ映像はその境界をますます曖昧《あいまい》にしながら、同時に暴力と死と痛覚を笑い飛ばしていく。

もしかしたら、おれは変態なのかもしれない。魚住はそう思った。

——でも久留米には黙っていよう。追い出されるといけないからな。

狭い通路を挟んで大量のビデオが陳列される中、魚住は突っ立っている。どれを選べばいいのかわからない。

スプラッタは禁止されている。困ったものだ。今日はなぜだか濱田が早く解放してくれたのでレンタルビデオ店に寄ったのだが、スプラッタ以外を借りたことがない。

「あれ、今日はあっちのコーナーじゃないの」

顔馴染《かおなじ》みになってしまった店員が声をかけてきた。言うまでもなく、あっちとはホラーとスプラッタの一角である。

「あっちはだめなんだ、しばらく。一般的なものだと、なにが面白いんだろう……？」

「彼女と観るのォ？」

たぶん魚住よりは少し年下であろう、ロックバンドでもやっていそうな店員のおにいちゃんが聞く。

「いや。男の友達と」

「そか。あんたはどんなのが好きなの？　ＳＦとか、サスペンスとか」

「よくわからない。あまり観ないから」

「ああ、じゃあホントに定番なのがいいんだろうなぁ。男と観るんなら……ええと」

ロックにいちゃんは別の棚からひとつのビデオを出してきて魚住に手渡す。

「泣けるよ、これ。男泣きのビデオだね」

「泣ける？」

「おれあんまし泣かないんだけど、これはきちゃったもんなー」

「そうか。泣けるのか」

魚住は映像を見て泣いたことがない。ちなみに大笑いしたという記憶もない。

とりあえず、そのビデオを借りていくことにした。久留米が泣くところを、見てみたいような気がしたからである。


今夜は鍋《なべ》である。

近所の酒屋にビールを買いに行っていた久留米は、アパートに戻る道すがら、レンタルビデオ店から出てきた魚住と出くわした。

ぼんやり男は久留米を見て「ア」と口を開ける。

「おまえなに借りたんだ。まさかまた……」

「スプラッタじゃないよ」

魚住はそう言ってビデオのパッケージを見せる。久留米はすでに観ていたタイトルだったが、そうとは言わないでおく。

「マリちゃんたちは？」

「もう鍋の支度してるぞ。支度してるのはマリじゃなくてサリームだろうけどな」

カンカンと甲高い音を立てる外階段を上り、扉を開けると出汁《だし》の香りが漂ってくる。

久留米の後ろで魚住がヒクヒクと鼻を鳴らしていた。

買ったばかりの大きな土鍋がテーブル、というかちゃぶ台の上に鎮座している。

「鍋の時季にはまだ少し早いですけど。魚住さんに栄養をつけてもらわないと」

サリームが笑った。鍋は基本的に材料を切るだけで準備が整ってしまうので楽である。

少しずつ包丁使いも上達してきた魚住とサリームが仲良く小さな台所に立ち、買い物から戻った久留米とマリは先にビールを呷《あお》っていた。

「あっ、おまえ、電話番号教えとけよ」

久留米は突然思い出して言う。

「電話？　誰の？」

「おまえのに決まってんだろ。魚住が知ってるのかと思ってたら、あいつも知らんし、おれも知らんし」

「ああ、あたし電話ないのよー」

　マリは右手をひらひらさせる。

「うそつけ」

「電話どころか、あんた、あたしは家もないんだから。いま」

　勝手に久留米の煙草を取ってマリがそうつけ足す。初め久留米は冗談と受け取ったが、この女の場合、本当かもしれないと思い直した。

「じゃ、おまえどこに住んでるんだ」

「いまは青山」

「青山？」

「そ。パトロンのとこ」

　冗談ではないらしい。こういう冗談は言わない女である。マリが水商売をやってるのは知っていたが、そういう暮らしぶりになっているとは想像していなかった。

「おまえ……」

「その前は渋谷で、その前はええと……四谷だったかしら。今回はよく続いてるほうだわねぇ」

「おまえ、なにやってんの？　いったい」

「ああ、あたしお店変わったの。いまは結構高級なクラブでさ。久留米みたいな薄給じゃ来れないわよぅ。だははは」

高級クラブでも、だははと笑うのだろうか。

久留米は元恋人である女に、なにを言っていいのかわからなくなっていた。諸手《もろて》を挙げて賛成できる暮らしではない。だが、マリがなにをしていようと、それはマリの自由なのである。マリが幸せであるならそれでいいのだ。

いや、幸せなどという言葉はきっとこの女は嫌いであろう。

久留米にしたってそんな言葉は口が痒《かゆ》くなりそうである。だいたい、すでに自分の恋人でもない女に意見できるはずもない。久留米はそこまで恥知らずになりたくない。

「さあ、準備いいですよー。テーブルあけてください」

サリームの明るい声と、煮え立った鍋が運ばれる。魚住はありあわせの皿と割《わ》り箸《ばし》を持ってきた。

さて楽しい食卓と全員が箸を上げたところで、ノック音が響く。

「誰だよ、飯の最中に」

言いながらも立とうとはしない久留米に代わり、魚住がドアの前に立つ。開けようとした途端、ドアは勝手に開いてしまった。例によって鍵《かぎ》はかかっていない。

「あれ」

そこには大学の帰りらしい濱田が立っていた。

「魚住くん。突然すまないけど、ちょっと話があってね」

「やだ、センセ。あたしたちご飯の最中なのよ」

「ああ、ええと。マリさん。先日はどうも」

この時、久留米とサリームは濱田という男を初めて見た。久留米の想像通りインテリっぽい雰囲気はあるが、銀縁眼鏡などはかけていなかったし、端整な顔であった。いってみれば魚住からぼんやりを差し引いてもっと体格をしっかりさせて、俗っぽさをつけ加えたようなところか。濱田は軽く会釈をよこす。

「ご一緒にいかがですか？」

言ったのはサリームである。彼の辞書に人見知りという言葉はない。

「あ。いいの？　それじゃぁまぜてもらおうかなぁ」

意外なことに、濱田はあっさりと食事の輪に加わった。

おまけに、遠慮もせずにずいぶんと食べた。もっとも意外だと思ったのは久留米とマリだけだろう。魚住はいつも通り下手くそな食べ方で無心に食べていたし、サリームは終始笑顔でコメントした。

「食事は大勢だと美味《おい》しくなりますねぇ」

「いやー、旨《うま》かったよ。きみが味つけしたの？　え、イギリスと日本の？　ああインドも入ってるんだね。クオーターなのか」

少なくとも濱田は外国人に対する偏見はないようだった。声だけだと嫌みったらしいのは、多少高音で鼻にかかった喋《しゃべ》り方のせいなのだろうか。以前電話で話した時にはこの野郎と思ったのだが。

「濱田センセ、結構庶民的なのねぇ」

「僕は庶民だよ。大学も奨学金がなきゃ行けなかった」

笑いながらそう言う。そして、

「煙草をもらってもいい？」

と久留米に尋ねた。どうぞ、と久留米が差し出す。喫煙者が三人もいるのでマリが窓を開ける。

「で、魚住に話があるんじゃないですか」

久留米が切り出した。

「うん。そう。ええと、」

「あたしたちいたらまずいのかしら」

マリはそう言いながらも帰る気配など微塵《みじん》もない。

「どうなんだろう。魚住くん」

「はい？」

自分のことだというのに、初めて聞いたように腑《ふ》抜けた返事である。

「きみと荏原さんのことなんだけど」

「はあ」

「ここで話してもかまわないかな」

「はあ」

肯定なんだか否定なんだかわからない返事である。そういえば魚住は「嫌だ」と滅多に言わない。この間Tシャツを脱げと言った時くらいである。それだって結局は久留米に従ったわけだ。

「荏原って、響子ちゃんでしょ」

「そう。マリさん知ってるんですか？」

「あたし同じ講義あったから。久留米知らない？」

「おれは知らないな」

「響子ちゃんとつきあってた頃は、魚住と久留米って顔見知り程度だったかしらね」

「そうだったと思う」

他人事《ひとごと》のような口調で当人が返事をする。

「荏原さんがね、きみがいるなら研究室抜けるって言うんだよ」

魚住の眉間《みけん》に皺《しわ》が寄った。

「そりゃまたあんた、ハデに嫌われたもんねぇ」

「どうしてですか？」

いままで黙って聞いていたサリームが質問した。

「つまり昔、魚住くんと荏原さんはつきあってたんだ。でも上手《うま》くいかなかった」

「魚住と上手くいく女なんか見たことないわよ、あたし」

「おれもだ」

マリと久留米が言い、言われている魚住が頷《うなず》いている。

「そう。そんなことはよくあることだよ。魚住くんに限らず。だから僕は止めたんだけど、彼女変なこと言っててね」

「へん？」

久留米が濱田ではなく魚住を見ながら言った。またこいつ、とんでもないことをしでかしたんだなと直感したのだ。

濱田はちらりと魚住を見て、多少言いにくそうに台詞《せりふ》をリプレイする。

「男に男を寝取られたとか……」

直後、全員の視線が魚住に集まった。

魚住は黙ったままである。次も誰かが話すのだろうというような顔だ。

だが続きは、魚住しか知らない過去に繋《つな》がっている。

「説明しろ」

最初に痺《しび》れを切らしたのは久留米だ。ほとんど命令口調である。

「ちょっと待ってよ」

マリが割って入った。

「魚住。言いたくないならいいのよ」

「え。あ」

魚住は久留米とマリを見比べている。

「言えよ。魚住」

「あんたってたまに横暴よね、久留米」

「うるさいなおまえ」

不機嫌に煙草を捻《ね》じ消して久留米が繰り返す。

「説明しろ。わかるように」

魚住は少し首を傾げた。

「説明……あんまり上手くないんだけど」

「魚住くん、嫌ならいいんだよ、ほんとに」

「ああ……かまわないです。つまり。ええと。おれと荏原さんがつきあってて、だけどおれはふられて。荏原さんほかに好きな男ができたからって」

「え？　それではふられたのは、魚住さんのほうじゃないですか？」

サリームが不思議そうに言う。

「そう」

魚住が頷く。細い首をそらし、やや上向き加減に話を続ける。

「だけどまだ続きがあって。その荏原さんの新しい彼氏がおれに告白してきて」

「はあ?」

これは久留米とマリと濱田が同時に言った。

「本当はおれが好きだったんだって」

一同、沈黙である。これは多少ややこしい三角関係だ。

「で、おれ強姦《ごうかん》されちゃって。このことかなァ、寝取られたっていうのは」

「ご」

濱田が思わずどもる。

「強姦?」

「はあ」

「つまり魚住さんの同意なくして、力尽くで襲われたということですか」

サリームは冷静である。

「そう」

襲われた当人も冷静である。

「だけど茌原さんは合意の上だったと思ってるのかもしれない。おれは直接そのことについては話してないからわかんないや」

その口調はいつもと変わりなかった。

「おまえ」

久留米が唸《うな》るような声を出した。

「女癖が悪いのは知ってたけど、男にまでかよ」

「だから。無理やりだってば」

「節操ってもんがないのか」

「おれがしたかったわけじゃないって」

「隙が多いんだよ、おまえは」

「おれは普通にしてたよ」

その普通が、ある種の男にはなんらかの引力を持っていることを、本人はまったく気づいてはいない。だが、久留米にはわかっていた。久留米の理性は自覚を拒否したがるが、魚住に男をも惹《ひ》きつける要素があることを久留米はすでに知っているのだ。

「男のくせに、男にやられただと？」

久留米は苛《いら》ついていた。どうして苛つくのかは自分でもわからなかった。

「抵抗しろよ！」

「したよ！」

魚住が叫んだ。

これは、とても、かなり珍しいことである。魚住を除く全員が固まってしまうほどに珍しい。一緒に暮らしている久留米さえ、初めて魚住のこんな声を聞いた。

「久留米、男に押し倒されたことないだろ」

「あってたまるか、そんなもん」

「じゃあわかんないよ」

魚住の声のトーンはすぐに戻る。いつものなにを話す時も同じぼんやりとした音質が狭い部屋に浮かんでは、沈む。

「圧倒的に相手の力のほうが強いんだ。あれはセックスじゃない。暴力なんだ。殴られて、のしかかられて、引き裂かれるんだ。その時おれはただのモノだ。人間じゃない」

魚住は淡々と繰り返した。

「人間じゃない。その時はそう思った」

アパートの部屋に、重い沈黙が生まれる。

一度深く俯《うつむ》いた魚住だが、しばらくするとふいに顔を上げ、

「ほんとーに、痛いんだぞ。あれは」

とつけ加える。

と、マリが吹き出した。笑ったのである。

「は、はは、は、あは、そりゃ、痛いでしょうね、はは。あー、あんたってば、ホントになんつーか、」

「マリさん。笑いごとじゃ……」

濱田がさすがに諭す。

「だってぇ、もう、魚住の人生ってば、笑うしかないくらいついてないんだもん。あははは、ねぇ、魚住」

マリの笑いは止まらない。

「うーん。そうだねぇ」

こともあろうに、魚住まで笑みをもらしている。

久留米はどういう顔をしていいのかわからないまま、黙った。

どうにも腹が立って、なにも口にする気になれなくなっていたのだ。


伊東はパソコンを操作しながら、横目で魚住を見ていた。さっきまで響子もいたのだが、遅い昼食にひとりで出ていったところだ。

魚住は研究室に置いてある遠心分離器の前に立っている。伊東からはその横顔が見える。俯いてじいっと遠心分離器を見つめている魚住は動かない。もうしばらくそうした姿勢のままである。見ていて楽しいものでもないはずなのだが。

細くて、長い首だな、と伊東は思った。昔、姉のバレエの発表会で王子様を踊っていた少年を思い出す。その王子様は背筋もしゃんと伸びていたし、魚住より堂々としていた。なにしろ王子様なのだから。しかし、顔でいえば魚住のほうが王子様っぽい。王家相続問題で家臣がもめている中、ひとり詩など諳《そら》んじてみせる浮世離れした王子様が似合いそうである。もっとも実際の魚住は詩などひとつとして覚えていないだろう。

「あのー、魚住さん？」

話しかけると、魚住はゆっくりと首だけ振り向いた。

「はい」

「なんか問題ありますか、遠心分離器に」

「いや。なにも」

「じゃ、なに見てるんです？」

「え」

「さっきからずうっとそれ見てるから」

魚住はもう一度遠心分離器に目を戻し、それからのんびりとした口調で言った。

「これ、似てるなァって」

「は？」

「遠心分離器って、洗濯機に似てるなァって」

今度は身体ごと伊東に向き直った。

痩《や》せた身体に少し大きすぎる白衣が不思議と似合っている。そんなことを言われるとは思っていなかった伊東は考え込んでしまった。

似ているだろうか？　まあ両者とも、形が四角くて色は白い。大きさは違う。用途はもっと違う。強引に考えれば、内部が回る、というところが似ているのかもしれない。いや、洗濯機も脱水の時には遠心力を利用するのだから共通点はあるのか？

「はあ。言われてみればそんな気もするようなしないような」

「洗濯もの、たまってるから」

「そうなんですか」

「明日《あした》天気だといいんだけど」

「はあ。魚住さん、洗濯なんかするんですか」

「うん」

思わず、魚住のエプロン姿を想像してしまう伊東であった。またそれが似合いそうでなんだか可笑《おか》しかった。

「もしかして料理なんかも？」

「うん。する」

短く答えたあと、とても小さな声で、

「オムライス、得意」

と続けた。

その台詞《せりふ》が妙に可愛く感じられ、伊東は思わず笑ってしまう。自分よりも年上でしかも男相手に可愛いもないものだが、ほかに適当な形容詞が思い当たらない。

確かに変わってはいるが、思ったよりつきあいやすい人間なのかもしれない。響子は相変わらず魚住とはほとんど口も利かず、視線さえ交わすこともないが、伊東としてはできれば親しくなってみたい気持ちになってきた。

魚住はまだ立ったままで、似てるよなァと呟《つぶや》いていた。

「というわけでね。無理やりだったんだって」

秋も深まってきたキャンパスの午後、穏やかな日差しが入る学食にはてんで似つかわしくない話を響子は聞いていた。

説明しているのはマリである。べつに誰に頼まれたわけでもなさそうだし、その話をしようと思ってきたわけでもないのだろう。たまたま響子を見つけたから、ついでにしておく、くらいの顔で話している。

「魚住くんが言ったんですか」

「そーよ。合意じゃなくて、もちろん恋愛感情なんかなく、まったくの暴力沙汰《ぼうりょくざた》。もう、痛くて大変だったって」

ふたりは横並びに腰掛けている。マリはコーヒーを飲みながら煙草をふかしている。響子はカレーうどんを食べていたが、半分までいったところでこんな話を始められたせいかその後が少しも減らない。

「なにしろ出口を入口として利用されるんだからねぇ。そりゃあ痛いでしょうねぇ。しばらくはトイレも……あ、失礼」

カレーうどんは冷めていく。

「でさー、その後、その男ってどうしたわけ？」

「失踪《しっそう》しました」

「失踪？」

「ちょっと精神的に追い詰められてたみたいで……。大学もやめて、一度は実家に戻ったようですが。いまは連絡がつきません」

「へーえ。じゃ、魚住はやられっぱなしかぁ」

食堂はほとんど人影もない。広いだけで装飾もないスペースの隅のテーブルにふたりは陣取っている。割烹着《かっぽうぎ》姿のおばちゃんが横切って、不審そうな顔でマリを見た。

「マリさん」

「ほい」

「魚住くんとつきあってたんですか」

「その誤解多いよね。久留米まで勘違いしてたし」

「久留米？」

「いま魚住と一緒に暮らしてる男よ」

「魚住くんは、あの」

「ああ、魚住はゲイじゃないわよ」

なにしろ魚住はあの顔である。そういう疑惑が生じても仕方ないかもしれない。

「久留米もヘテロだし。魚住に至っては女の子とだってまともな恋愛なんかできないじゃない。それはあんたがよく知ってるでしょ？」

響子は視線を依然として減らないカレーうどんの丼に落とした。どこかでなにかの割れる音がした。たぶんシンクに食器でも落ちたのだろう。ふたりが黙ると食堂はとても静かだった。

「魚住ってさ、どっか壊れちゃってんのよね」

独り言のようにマリは呟《つぶや》く。でも壊れてるなりに本人は懸命なんだと思うけど、とつけ加える。

壊れたのは、誰なのだろう。

響子は考える。裏切られたと思ったあの時、自分の身体にひびが入り、崩れ落ちるような気がした。でもこうしていまも、うどんなど食べている。生きている。

むしろいまでも崩れ落ちそうなのは魚住のほうに見える。微細な浅い亀裂《きれつ》であの痩せた身体は埋め尽くされているみたいに見える。

あの頃もそうだったのだ。たとえ穏やかに微笑んでいる時でさえ。

壊したくなかった。そして壊したかった。

いつまで経っても見えはしない、魚住という男の深淵《しんえん》を見たくて、見られなくて、そんな勇気はなくて、響子は嫌になったのだ。

たぶん自分のことが嫌になったのだ。

だから魚住から離れたのかもしれない。

「響子ちゃんさぁ」

マリは新しい煙草を取り出そうとして箱の中が空なのに気がつき、ボックスをくしゃりと手で潰《つぶ》した。

「魚住のこと嫌いなんかじゃないんでしょ。許せないのは魚住じゃないんでしょ？」

言いながらバッグの中を探る。

「ありゃ、ないや。……煙草を吸ってるとさあ、厄介なのは煙草が切れた時なんだよね。いつも煙草のあるなしを気にしてんのって、面倒よねー。なら吸わなきゃいいじゃんってハナシだけど」

マリはそんなふうに言いながら、バッグからミントのキャンディを取り出す。自分は口に放り込んで、響子にひとつ渡してくれた。響子は自分の手のひらに置かれた飴《あめ》の包みを見る。透明なセロファンにくるまれた小さな青い塊を握った。

「真澄が」

俯《うつむ》いたまま響子は、魚住の名をくちびるに載せる。女みたいな名前だが、似合っているといつも思っていた。

澄んだ水に住む魚。

実際の魚住がどれだけ濁流にもまれていようと、その名前はしっくりきている。

「……魚住くんがなんであたしとつきあってくれたのか、いまでもわかりません」

「うん」

「あたしは彼になにもしてあげられなかった」

「ふーん」

「なにをしてあげればいいのかわからなくて」

「あんたさぁ」

マリの口の中でキャンディが歯に当たってカランと音を立てる。

「あんたさ、あれでしょ。あんまり家庭環境よくなかったでしょ。子供の頃」

その問いかけに少し驚き、響子がマリを見た。

「気に障った？」

「いえ、あの。確かに両親は離婚してますし、でもなんで……」

「魚住がつきあう子って、そういうの多いみたいなのよね。一晩限りの勢いは別としてさ。なんつーか、不幸が不幸を呼んでるってカンジでさ。類友ってやつ？」

笑いながらマリが言う。

「でもダメよ。ダメダメ。魚住の強烈な運の悪さは、似たような境遇の人を呑《の》み込んで巻き込みかねないんだから。あいつは底なし沼に首まで浸《つ》かってる男よ。別れてよかったわよ。正解。大正解」

「じゃあ……魚住くんはひとりで沈んでいくだけなんですか」

「さあねえ」

マリが鼻の頭を掻《か》く。

「底なし沼だからねぇ。誰も入っていこうってヤツはいないでしょ。ま、沼があることに気がつかないくらいの無神経なバカがいりゃあ、わかんないけど」

「マリさんは……」

「あたしは嫌よ。あたしは自分の足元の浸水を防ぐので精一杯だもーん」

それは響子も同じことだ。魚住といればいるほど魚住がわからなくなる。魚住がなにを求めているのか。なにをしてやればいいのか。

なにも求められてはいなかったのかもしれない。ただ、一緒にいてやるだけでよかったのかもしれない。けれどそれが響子にはできなかったのだ。なにかをしなければいけないはずだと、いつも不安だった。

魚住を好きだったからだ。

自分の足元に溜《た》まっていく澱《よど》んだ水を排するために、魚住を捨てた。もっとわかりやすそうな男を選んだ。けれどもその男は初めから魚住が目当てだったわけだ。

笑い話である。

それでは響子がこだわっていたことはなんなのか。これではただの道化ではないか。

「バカみたいですね。あたし」

響子は笑おうとして、頬を引き攣《つ》らせる。

「そうだね」

「まったく、なにしてんだか……ホント、バカみたい」

上擦る声を、平静に保とうと努力したが、それはできなかった。両手で顔を隠すようにして響子は繰り返す。

「バカみたい。こんなとこで、カレーうどん食べながら泣くなんて。かっこわるい……嫌んなるなぁ、もう」

「んー。んふふ。いいんじゃないの？　なかなか可愛い図だわよ」

マリが響子の肩を軽くはたく。

「あたし」

「ん」

「あたしね、魚住くんが、すごく好きだったんですよ」

「うん」

わかるよ、とマリは言った。

響子は頷《うなず》き、それ以上は言葉にならなかった。


魚住が強姦《ごうかん》されたことがあろうとなかろうと、自分には関係のないことである——久留米はそういう結論に達した。

その事実を聞いた時にはなにやら言葉では整理しきれない嫌な感情が湧き上がったのだが、一晩寝てしまうとたいして気にならなくなった。このへんが久留米の久留米たるゆえんである。過去の出来事に対しての執着が弱い。六時間ほどの睡眠で「昔のことを考えてもしょうがない」モードが働くようになっているらしい。

どうやら荏原響子が研究室をやめる事態は回避されたらしく、魚住の胃痛も落ち着いてきたようだ。

本人にあまり自覚はないようだが、人間関係のひずみが魚住の胃に負担をかけていたことは確かであろうと久留米は考える。問題は、その事実に当事者が気がつかないことだ。今回の胃痛の背景は解決したらしいが、いつでもそうとは限らない。

魚住は、自分で周囲の環境を整えようなどとは思わないタイプである。逆境に陥っても、それを解決する努力をしないのだ。しないというか、思いつかないというほうが近い。まるで無抵抗である。くわえて感情表現も語彙《ごい》も乏しいため、周りに対するアピールもない。犬だって痛ければキャンと鳴くのに。

もしかしたらすごく損な奴なのかもしれない。久留米はちょっとそう思った。

夜である。十一時をまわっている。

部屋は暗い。ビデオで映画を観る時にはそうするのが久留米は好きだからだ。すでに観た洋画をもう一度観たのは、もしかしたら、魚住が泣くところを見られるかもしれないと思ったからだ。

映画なんぞで涙を見せたら、思いきりからかってやるつもりだったわけである。

久留米はいつも通りベッドの上にいる。

魚住は畳に座りベッドに寄りかかっている。

手を伸ばせば、魚住の頭に届く位置だ。

だが様子を窺《うかが》っていても、ラストシーンの近くのもっとも涙を誘うシーンでさえ、その頭は微動だにしなかった。顔も覗《のぞ》いてみたが、いつものぼんやりした表情で画面を見ているだけである。どちらかといえば久留米の涙腺《るいせん》のほうが危なかった。以前に観ていなかったらホロリときてしまったであろう。

結局、魚住が一滴の涙も見せないまま、映画は終わってしまった。

エンディングのテロップが流れだす。

魚住が首を左右にゆっくりと曲げた。首と肩が凝ったらしい。

「おい」

「うん？」

「おまえ、泣かなかったの？」

「うん」

「全然？」

「うん。久留米も泣かなかったじゃないか」

「おれは前に見てるからな」

「泣くようなとこ……あった？」

久留米を見ながら真顔でそう尋ねる。

「最後の、親父とキャッチボールするとことか、ジーンとこなかった？」

「うーん？」

「普通はおまえ、あそこで泣くんだよ」

「なんで？」

「なんでって……」

言葉で説明できなくもないが、親子愛だの、郷愁だのというものは口にするとえらく恥ずかしい。とても久留米には言えない。

「おまえ、やっぱヘンだぞ」

「そうかな。だってキャッチボールなんか嫌いだし。だいたいスポーツはみんな嫌いだもん、おれ」

魚住は自分がスポーツをするのは嫌いであるし、スポーツ観戦については嫌いを通り越して無関心である。

「おまえ、巨人がパ・リーグだとか言いだしかねないもんな」

「パリ？　パリで野球すんの？」

「………。おまえってさ、泣いたことないわけ？」

寝転がっていた身体を起こして久留米は魚住の髪を引っ張った。

「いたい」

「涙腺ないの？」

「いたいって。泣いたことくらい、あるよ」

「ほほう。いつ」

やっと髪を放して久留米が言う。

「やられちまった時か？」

あまりにも無神経な質問だったと、言った直後に後悔した。だが魚住は動揺することもなく平淡に答える。

「いや。あの時は泣いてない。すげぇ痛かったけど」

「へえ」

「もっと昔は泣いたはずだよ」

「……家族の葬式の時か」

「葬式？　いや、泣いてないんじゃないかな」

久留米は少し驚いた。自分の家族の葬式にも泣かなかったというのか。

「おまえ、自分の両親とええと、兄貴だっけ？　死んだ時、泣かなかったわけ？」

「うん。悲しかったけどね」

魚住はやや表情を曇らせた。

「肉親死んだら、普通泣くだろ」

「ああ、おれ養子だから」

「え」

「でも悲しかったよ、すごく。魚住の家はみんないい人だったから」

巻き戻ったビデオを取り出しながら魚住は喋《しゃべ》った。もちろん久留米はその事実を初めて知った。

「養子？」

「うん」

ということは本物の家族はどうしたのであろう。死別か。または別の理由で一緒に暮らせなかったのか。

久留米はそれを聞かなかった。べつに聞いてもよかったのだが、今日でなくてもいいか、と思ったのだ。

それはある種の予感めいたものにも似ていた。魚住の過去はなかなか手強《てごわ》そうである。過ぎたことには一切こだわらないのが久留米の強いところであるが、かといって重苦しい過去を聞くのが好きなわけではない。久留米は人生相談所ではないのだ。

けれどそれ以上に感じたのは、魚住に自分のことを一度に話させることへの危険性である。

自らの過去を語りながら、その過去へと魚住が逆流してしまいそうな気がしたのだ。ちょうど鏡に向かって、自分で自分に呪いをかけてしまうかのように。

「じゃ、おまえさ、ひっくり返るくらい大笑いしたことある？」

「ええ？」

魚住は考え込んだ。

「ううーん」

「そんな考えなきゃ思い出せないのかよ」

久留米は呆《あき》れながら煙草を取ろうと腕を伸ばした。煙草は魚住の座っている横に灰皿と一緒に置いてある。

「そういや、おまえ」

煙草を手渡してくれた魚住と目が合い、久留米は思い出した。

「ここ怪我した時も泣かなかったわけ？　子供の頃なんだろ？」

まったく無防備だった魚住は、いきなりシャツの下に手を突っ込まれて、ひゃっ、という声をだす。

久留米の手が、冷たかったのだ。

低血圧で体温も低い魚住だが、さすがにシャツの内部は温かい。その背中の下のほうにある傷に触れようとして、久留米の手が脇腹をかすめていく。

「ちょ、久留米、手どけろって……うわ、」

「あ。おまえ、このへんダメなんだな。そうか。そーおーかぁ」

魚住は脇が弱いのである。

つまり、擽《くすぐ》ったいのだ。まあたいていの人間は脇腹というのは擽ったいものである。魚住にもまともな部分があったというところであろう。

「やめろって。や、ひゃ、ひゃははっ」

「なんだ、おまえ笑えるじゃんか。あ。痛《いて》えっ。こいつ、抵抗すんなっ！」

「は、はなせって、ひゃは」

大の男ふたりが狭いベッドの上でこんなことをしているところを見られたら、まず誤解されるはずだ。すでに魚住は押し倒されている。しかし悪ふざけは止まらない。

体格、体力とも久留米のほうが有利なのは明白だ。

じたばたと暴れる魚住を面白がって、久留米はシャツに手を突っ込もうとする。魚住は逃げようとするのだが、なにしろ自分より重い男にのしかかられては逃げようもない。背を浮かせて細い身体を仰《の》け反らせては、再びベッドに押しつけられる。階下の住人はさぞ迷惑に違いない。

擽られての笑いというのは、体力の消耗が激しい。しかも暴れる。それを押さえつけられる、それを跳ね返そうとする、という繰り返しだ。たちまち魚住の息があがった。

ぜんそく持ちの子供のような呼吸音を立てながら魚住はしだいに無抵抗になった。

自分より固く、しっかりと筋肉のついた久留米の腕を摑《つか》んだまま魚住は笑いの発作を治めようとしている。

久留米は乱れた呼吸を整え、魚住から手を放した。

実は多少妙な気分になりつつある自分を制したというのもある。その気持ちは大至急で意識上から消去した。

魚住はまだハァハァ言いながら「腹が攣《つ》りそう」と文句をつける。

物理的に引き起こされる強引な笑いによって、僅《わず》かだが涙が出ていた。

久留米はその涙を見下ろす。

魚住も自分の顔のすぐ上にある久留米を見ている。

まるで観察するかのような視線だ。やや面長で頬骨の高い久留米の顔がそう面白いものではないはずなのに、熱心な視線だった。

「ちょっと泣いてるぞおまえ」

「……うん」

「よし。そのまま泣け」

「え？」

「おまえが泣くところ見してみ」

「悪趣味な奴」

「趣味がよくて、おまえと長年つきあえるかよ」

「泣けって言われて泣けるもんじゃないだろ」

「コツがある」

久留米が小さく言う。

ふたりは現在、相当な至近距離にあるので小さな声で間に合うのだ。なにしろ魚住は押し倒されたままである。久留米の乱れた前髪が魚住の額に触れそうだった。

「いま滲《にじ》んでるのが乾かないうちに、なんか悲しいこと思い出すんだよ」

「悲しいこと？」

魚住はウーンと唸《うな》りながら考えている様子だが、これといって浮かばないようだ。

「現実じゃなくてもいいぞ。想像したっていいんだ、なんか悲しいこととかを」

「想像しなくてもそれなりにあるはずなんだけど……どれが一番泣けるんだろ……」

どうやらネタが多すぎて迷っているらしい。ほんとにこいつって不運人生だよな、と久留米は呆れる。いいのは顔くらいなものだ。しかしその顔の効果もあって男に襲われたのであれば、いいとばかりも言い切れない。

「だめだよ。思いつかない。あ、もう乾いちゃったみたい」

「ちぇっ。つまんねー奴だな」

やっと魚住の上からどいて、久留米は吹っ飛んでしまった煙草の箱を探しだす。ひとりぶんの体重が減ったベッドがスプリングを戻し、魚住の痩身《そうしん》が揺れる。

隅に落ちていた煙草を久留米が拾った。

「あーあ、たまには掃除しないといかんな」

埃《ほこり》でも見つけたのだろう。ぼやきながら火をつける。

魚住は聞こえないふりをしていた。料理はともかく、掃除は嫌いなのだ。

「洗いモンもたまってんだろ。明日《あした》、天気だったら洗濯するぞ」

「うん」

これには短く返事をよこす。

「あのさ久留米。遠心分離器って洗濯機に似てると思わない？」

「遠心分離器？　なんだそりゃ」

「洗濯機に似てるんだよ」

「洗濯できるのかよ」

「できない」

寝返りをうちながら答える。

「じゃ、役に立たねえじゃんか」

つまらなそうに久留米が返すと「役には立つけど」と魚住は呟《つぶや》いた。そして久留米の枕にポンと顔を伏せた。

「……煙草臭い」

「枕カバー、ずっと洗濯してねえからな」

「おまえの頭皮のにおいもする」

「気持ち悪いこと言うな」

あの夏から数か月。魚住の味覚と嗅覚《きゅうかく》はすっかり正常に戻ったようだ。そしてこの狭い空間に魚住がいることが、久留米にも日常になりつつある。おかしなものだ。

「だけどたぶんおれ」

枕から顔をあげて、魚住にしては明瞭《めいりょう》に言う。

「久留米の葬式では泣く」

突然話題が戻ったのと、自分が殺されてしまったことに、久留米はすぐに返事を返せなかった。

遠心分離器だの、葬式だの、どういう思考回路になっているんだこいつは。

なにを言ったらいいのかわからなくなってしまったので、とりあえず久留米はいつもの台詞《せりふ》を魚住に投げた。

つまり、

「バーカ」

である。

制御されない電流

1

手のひらの上の白い泡。軽く軽く泡立てた生クリームのような。

それを腰の弱い、やや茶色がかった髪に揉《も》み込んでいく。濡《ぬ》れたような艶《つや》が与えられた髪にブラシが入り、クラシカルな印象にかっちりとセットされる。いつもは下ろしている前髪も上げられ、形のいい額が露《あら》わになる。

眉尻《まゆじり》までの見事な曲線。長い睫毛《まつげ》の下には視線の定まらない瞳《ひとみ》。少し尖《とが》り気味の鼻と薄いくちびる。白い頬の滑らかさはベルベットを思わせる。

「……っくしょいッ」

美貌《びぼう》がくしゃみをした。

勢いで透明な鼻水まで垂らした。それをぐいい、と手でこすり、魚住は鏡の中の自分を見ながら大欠伸《おおあくび》をする。

魚住真澄は自分の外見に関心がない。

今日は珍しく髪など整えているが、それには理由がある。

「なんだおまえ。ホストクラブに出勤するみてーだな」

久留米が狭い洗面所から出てきた魚住を見て、そのスーツ姿をからかった。

「そうかなァ。まあホストみたいなもんだから今日は」

「ふははは。おまえもたまにゃ接待の辛《つら》さを知ったらいいんだ。おれなんか飲みたくない酒を何リットル飲んだかわからん。歌いたくもない演歌も千曲くらいは歌ったぞ」

千曲はウソだよなァ、と魚住は思う。

久留米充《みつる》はごく普遍的な勤め人である。

久留米にしてみれば、大学で同じ授業がいくつかあったために魚住と友人になってしまったのが運の尽きであった。顔は綺麗《きれい》だが性格、というか性質に多々の問題を孕《はら》んでいる魚住は、相変わらず久留米のアパートで暮らしている。年末も久留米が帰省しないのをいいことに居座っていた。ふたりはもらいもののクリスマスケーキを一緒に食べ、紅白歌合戦まで一緒に見てしまった。

飼い犬が死んだ衝撃で、魚住が自分のマンションを飛び出してきたのが夏。しかもその犬は放置したままで、だ。のちにその後始末に駆り出された久留米だが、腐りかけた犬の死体の臭いは一生忘れられないと思う。

魚住は犬を捨て置いたわけではない。大切に思うあまり、死んだ愛犬をどうしたらいいのかわからずに久留米のところまで逃げ出してきたのだ。

魚住には、一般常識が欠落している。

そして欠落したまま生きている。それでも生きていけるものらしい。今年で二十六歳になるがいまだ学生、大学院生という身分である。

「久留米、演歌嫌いじゃないだろ」

「かといって好きでもないぞ。テンドーヨシミなんか歌いたかねえんだよ、おれは。だいたいキーが合わん」

土曜なので休日である久留米は、スウェット姿のまま競馬新聞を広げていた。赤いサインペンが転がっている。折り畳みの簡素なちゃぶ台には食べ終わったコンビニ弁当の容器が放置されたままだ。久留米はセブンイレブンの弁当が一番旨《うま》いと言うが、魚住にはどこのでも同じような味に思える。

「……行きたくない……」

魚住はしゃがみ込んで力なく呟《つぶや》いた。本当に行きたくないのだが、表情や声に感情の込もらない魚住の愚痴はいまひとつ切迫感がない。

今日はパーティなのだ。

魚住の所属している大学が、他国の教授を数名招いたのである。ある企業と大学が共同で企画したシンポジウム『人類の未来のために—医学の進歩と私たちの生活—』だそうである。

「行けよちゃんと。人類の未来のためにな」

「人類の未来なんかどうでもいい」

「なんてこと言うんだおまえは」

「久留米だってそう思ってるくせに」

「そんなこたないぞ。おれは未来が大切だ。とくに来週のＧⅠ《ジーワン》なんかとっても大切」

最近久留米の趣味はパチンコから競馬に移行した。もっとも大きなレースにしか投資しないようにしているので、サラ金のお世話になったりすることはないらしい。

「おれ酒飲めないいんだよね」

「ウソつけ。学生の頃は……あ、おまえはまだ学生か。コンパの時とかちゃんと飲んでたじゃないか」

「ああ。あの頃はどうでもよかったから」

「なにが」

「飲んでどうなっちゃっても、べつにかまわなかったし」

「――はあ？」

「おれさ。飲んだあとよく女の子と消えただろ」

「ああ、毎回相手をコロコロ替えてな。キチクな魚住くんだったよな」

「そう。あれさ。記憶ないいんだよね」

「……」

久留米は目の前に掲げていた『勝馬《かちうま》』をバサリと下ろした。

「おまえってそんなに酒癖悪かったか？」

久留米の記憶では魚住はあまり酔わない。ほんのり顔を赤くはするけれど、極端に口調が乱れたり、発言が支離滅裂になったりしたところを見たことがない。もっとも発言については普段から外れているので気にならなかっただけ、という可能性はある。

酒の席での魚住は、いつも通りぼんやりとした顔のまま杯を重ねていて、周りには女の子たちが群がっていた。

「さあ？　どうなんだろ」

慣れないネクタイを引っ張りながら魚住は呟く。

「記憶なくすのってさ、酒癖が悪いっていうのに入んの？」

「入るだろ」

「じゃあそういうことになるかな」

「でもよっぽど深酒した時だろそれって」

「うーん？　チューハイ三杯くらい？」

子供が歳を尋ねられた時のように三本指を立てて魚住が答えた。

「おまえいつもコンパの時もっと飲んでたよな」

「そうなの？　だいたい途中で記憶なくなってるからわからないや」

久留米は険しい顔をする。たったのチューハイ三杯で記憶をなくす？

それは問題である。

たとえば、同程度の酒量で眠ってしまうとか、戻してしまうとか、その程度ならまだいい。周囲が『ああ酔っているんだな』と理解する。

だがそのサインを魚住は持たない。つまり、誰も酔っていると思わないのに、魚住はものすごく酔っているわけである。記憶をなくすほど酔っているわけである。

「だからさー。女の子とかそういうコトになって、翌朝目が覚めてさ。おれ聞くじゃない？　きみだあれ？　って。そうするともう女の子が怒る怒る」

「そりゃ怒るわな」

「でも全然覚えてないんだもん。どうやって口説いたのかも、どんな体位でしたのかも、ゴム使ったのかも、何回やったのかも、ぜーんぜん覚えてない」

「そんな話初めて聞いたぞ」

「ああそう？　女の子たちから聞いたことなかった？」

久留米は学生時代の魚住に関する悪評を思い出す。その中に確かに『魚住くんあたしを誘ったのに、覚えていないって言うのよ』というのがあった気がする。けれどもそれは飲んだ勢いでヤッた女の子といちいちつきあうのが面倒くさい奴の、冷酷な言い訳なのだろうと思っていた。だから魚住は人でなしとまで言われていたのだ。

「ホントに……覚えていなかったのか」

「うん。だからおれ基本的に酒はやめたの。缶ビール一本程度まで。じゃないといろいろ問題あるんだって学部生の時にわかったから」

ぼうっと生きているようでも魚住なりに考えているのだと知り、久留米は少し驚いた。

「へーえ。じゃ、今日も飲まなきゃいいだろ。自制できるなら問題ない」

久留米の台詞《せりふ》に魚住が顔を歪《ゆが》めた。

「飲ませたがりがいるんだよ。前の来日の時もすごくしつこかったんだ」

「エライセンセイなんだもん。おれのセンセイの日野教授の、そのまたセンセイだから」

「近づかないようにすれば？」

「おれ通訳係なんだもん無理だよ」

「シカトこけば？」

久留米はここにきてやっと、魚住が語学に堪能《たんのう》なのを思い出した。

以前ふたりで街を歩いている時に外国人に話しかけられ、魚住は聞き返しもせずにすらすらと答えたのだ。その時はあまりに驚いて、うっかり魚住を尊敬しそうになったほどだ。二分後には忘れていたが。

「濱田さんが言うにはね、モルガン教授は……そういう名前の人なんだけど、たぶんゲイなんじゃないかって」

「またかよ」

どうも魚住はそういう男に目をつけられやすい。

なにしろ男に暴行された過去まであるのだ。当の本人のセクシャリティはといえば、少なくともかつてはストレートであった。現在はそれ以前の問題である。

魚住は勃起《ぼっき》不全なのだ。つまり勃《た》たないのだ。男女問わず。

久留米のアパートに転がり込んでくるしばらく前からそういう状況下にあるらしい。

「アメリカってなんだかんだいってもやっぱりマイノリティには風当たりが強いみたいでさ。ゲイの研究者はいろいろとやりにくいらしくて」

「だからっておまえ、日本に来ていきなり解放されてセクハラオヤジと化すのかよ」

「もしかして、タイのリゾートあたりと混同してるのかなァ？　あっちじゃ男の子を買うのってあることらしいから。東洋の男の子って小柄だし肌とかスベスベしてていいらしいよ。でもそういうのをおれに求められてもなァ……」

ホスト魚住が溜息《ためいき》をつく。

久留米は再び競馬新聞に視線を戻しながら、

「まあせいぜいケツには気をつけるんだな」

と冷たく言い放った。

魚住の面倒に巻き込まれるのはごめんである。お互いもうとっくに成人しているのだ。自分のことは自分で解決する。お約束である。

そういうふうに強く思っていないと、つい世話を焼いてしまいそうになるのだ。いい歳をして野郎が野郎の世話を焼くのはどうかと久留米は思っている。

「飲まないように気をつけよう……酒が嫌いなワケじゃないのになァ……」

呟きながら魚住は腕時計を見て立ち上がり、靴を履いた。コートの襟を立てる。外は寒そうだ。もうすぐ一月も終わり、どんどん気温は低くなる。

「何時に帰ってくるんだ」

「パーティが六時半からだから、十時くらいかな」

小さな声で答え、じゃあ、と魚住は扉を閉める。

足音が次第に遠ざかっていく。

久留米はひとりになった部屋で煙草に火をつけ深く吸い込み、少しむせた。


パーティ会場であるホテルのバンケットルームには、すでに関係者が集まっていた。銀のトレイを掲げたボーイが、優雅に歩きながらワイングラスを配っている。

明日からの講演会に向けてのプレ・パーティであり、参加者はそう多くない。招待客、後援企業関係者、あとは大学側の人間で総勢四十名ほどである。

「魚住くんって、どうして背広のほうが幼く見えるのかしら」

「え。そかな？」

パーティ向けに光沢のある菫色《すみれいろ》のスーツを着た荏原響子が不思議そうに魚住を観察する。響子はかつて魚住に恋をし、のちしばらくは強い反発心を持っていた。だがいくつかの誤解が氷解し、最近では弟に対するように魚住と接する。

「そういえばそうっスね。似合ってはいるんだけど、なんつーか、ちょっと浮ついたカンジで」

響子に同意したのは院に上がってまだ一年目の伊東だ。魚住の百倍は社交的な伊東だが、惜しいことに英会話が苦手なため、今回も魚住が通訳を任されている。

「久留米はホストだって」

「ホストっていうのはもうちょっとスレてるわよ。魚住くん、水商売くさくないもの」

「うーん、魚住さんは、ホストっていうより、」

かしこまった格好をしていてもやはり普段通り弛緩《しかん》した表情の魚住を見ながら伊東は言葉を探す。伊東は魚住に会って初めて、キリッとせずとも、つまりぼうっとしていても美形という人間を知った。

「魚住くん！　ほらほらこっちだよ。モルガン教授がお待ちだ！　ん、なんかきみ七五三みたいだな？」

早口に呼び寄せながら現れたのは濱田だった。

長身に軽いグレイのスーツがよく似合っていた。魚住たちの先輩にあたり、助教授の椅子間近と噂されている濱田は今回も大学側の仕切役である。

「あ、それだ。七五三」

伊東は自分が探していた言葉を、濱田の台詞の中に見つけた。横で響子が感慨深げに頷《うなず》く。

「あー。いま行きますよ濱田さん。ね、響子ちゃん。頼みがあるんだけど」

「なに？」

「おれがさ、酒飲まないように見張っててくんないかな。自分でも気をつけるけど」

「あ。ああ、そうね。わかったわ」

「ごめん。よろしく。……いま行きますってば」

話の途中で濱田に引っ張られるように魚住は連行されていってしまった。

離れたテーブルに行きつくなり、モルガンにがばりと抱擁されている。

魚住は決して小柄ではないが、頭ひとつモルガンのほうが大きいうえに、横幅はさすがピザとビールばかり食らう国民という偏見が生ずるほどの差違がある。魚住はほとんど抱き込まれている形だ。窒息しないかと響子は心配になる。アメリカ人であるモルガンだが、ほかの日本人、たとえば濱田とは握手で挨拶《あいさつ》をしている。ハグなどしていない。明らかに魚住はお気に入りなのだ。

「なんで魚住さん酒ダメなんですか。下戸じゃないでしょう」

伊東が響子に問う。

「魚住くん、たいした酒量じゃなくても記憶が飛ぶのよね。昔からそれでいろいろと問題を起こしてたの。あたしとつきあう頃からやっと自覚して、セーブしてたんだけど」

「飲むと記憶なくなるんですか。それってベンリだなー」

「記憶がなければなにしても無罪放免ならね。でもそういうわけにもいかないわよ。伊東くんの考えてることは想像つくけど、女の子はそんなに甘くないんだから」

「う。おっしゃるとおりです」

「だいたい、自分の身に危険が降りかかることだってあるでしょ。とくに魚住くんみたいな男の場合」

「確かに」

伊東は素直に納得した。

容姿が優れているのも考えものである。自分にその自覚があり、見映えのよさを有利に働かせることができるならばいい。誰だって容姿端麗でありたいに決まっている。人間が中身で勝負するのは、容姿で勝負するよりえらく骨が折れるものだ。

だが魚住には、自分の容姿を武器にするという発想がない。

実際、女の子にはもてたわけだが、結局は女の子の扱いがひどく下手なので呆《あき》れられて捨てられる。自分のことすらもてあましている魚住に、他人が上手《うま》く扱えるはずもないのだ。響子のようにそのへんを察知できる相手というのは、やはり彼女のほうも大変センシティブな場合が多いので、結局長くは続かない。女の子のほうが疲れ果て、関係を終わらせてしまう。

魚住の容姿の良さは、悪い方向にばかり働く。

女の子からは最終的に『カオがいいと思ってなにさ』と思われ、同性からはやっかまれるか、下手をすれば性的対象と見なされる。少なくとも伊東がここ数か月観察している限りでは、魚住が顔で得をしていることは皆無である。

気の毒だなぁ、と思う。あんなに綺麗《きれい》な顔をしているのに、まず自分でそれをよくわかっていない。この間は朝一番、頰に畳の跡がついていた。布団からはみだして寝ていたのだろうか。

服装もどうでもいいようなものばかり着ている。よく濱田が魚住の襟を直してやっているのも見る。あまりにもひん曲がっているからだ。

「モルガン教授はアッチの人なんスか？」

遠巻きに見張りながらも、響子と伊東はワインを楽しんでいた。なかなかいいワインが出されている。企業も大学側も外国人客が来るとなぜだか張り込むのだ。

「結婚してお子さんもいるけどね。どっちもOKなんじゃないの？」

魚住は乾杯のシャンパンにしか口をつけていないようだ。ワイングラスもただ持っているだけである。居酒屋での宴会ではないので、基本的に酒を勧めるのはボーイの役割である。欧米人は日本人のサラリーマンのように「まあまあおひとつ」なんてことはあまりしない。そういう意味では心配ないかもしれないと響子は思った。

気が緩んで、つい目を離してしまった。

自分も美味《おい》しいワインを楽しんで、やはりアメリカからの客人であるハンサムな教授と会話を楽しんだ。日本語と英語のちゃんぽんの会話はなかなか刺激的だった。伊東もつられてその輪に加わった。

しばらくしてふと魚住が気になった響子はそれとなく主賓のテーブルに近寄っていった。聞き耳を立てて様子を窺《うかが》う。

そして驚いた。

かなり驚いた。

魚住がものすごい勢いで会話をしていたからだ。

やや掠《かす》れ気味の独特の声で滔々《とうとう》と意見を述べ、グラスを持っていないほうの腕がコンダクターを思わせるようなジェスチャーを見せる。細い指が綺麗に反らされ相手の反応を促す。もちろん、会話はすべて英語でだ。

中心にいる魚住を囲んで、モルガン教授、もうひとりアメリカの研究者、さらにドイツの教授が熱心に議論している。しかし喋《しゃべ》っているのは半分以上が魚住である。早口な英語はなにを言っているのか響子にもよく聞きとれない。

「Nin! Ihm gilt seine Freiheit mehr als……」

興奮したのか、ドイツ人教授が自国語で大声を出した。

アメリカ人のふたりは、戸惑う表情を見せる。けれど魚住は黙らない。それどころか相手を遮り切り込んでいく。

「Als Leben! Ja doch. Das ist……」

うッそ。

響子は思わず近くにいた濱田を見た。濱田は端整な顔を崩すことなく、腕組みをして黙ったまま様子を見守っている。

「濱田さん。魚住くん、ドイツ語喋れるんですか」

「らしいな。僕も知らなかったがね。流暢《りゅうちょう》なもんだ」

「あ、あんな魚住くん、見たことがないんですけど」

「僕もだ。どうも日本語じゃないほうが饒舌《じょうぜつ》になるらしいな。不可解な現象だ。彼、本当は外国の生まれなんてことはないのかい？」

「そんな話聞いてないですよ」

「酒のせいもあるのかな。珍しく飲んでたから」

「え」

響子は目を見開き、濱田に詰め寄る。

「どれくらいですかっ」

「ええ？　いやたいしたことないよ。ワインの白と赤と——ああ、いま持っているマティーニは二杯目かな」

「やだ……飲まないって言ってたのに……」

「ああ、そう言い張ってたけど。なんだか緊張してるような感じだったからね。飲んだほうがリラックスするだろうと思って僕が勧めたんだよ」

「は、濱田さんがですか？」

濱田は知らないのだ。魚住が酔うと記憶をなくすことなど。

議論はますます加熱しているようである。

「パードン？　おいおい、魚住くん」

和やかな場の雰囲気が壊れないうちにと、濱田が割って入った。

マティーニグラスを持ったまま、魚住が振り返った。

頬と首がほんのりと染まっている。半端に開かれた口から舌が覗《のぞ》いて、ぺろりと自分のくちびるを舐《な》めた。喋りすぎて乾いたためだろうが、やけに扇情的だ。男のくせにこの色っぽさは問題だと濱田は思う。モルガン教授が魚住を凝視している。好物の食べ物を前にしたような表情である。

「濱田さん。あ。きょこちゃん」

日本語に戻れば魚住はいつものぼんやりとした口調だ。濱田は少し安堵《あんど》する。だが響子は魚住がもうしっかり酔っていることを確信した。魚住は酔うと伸びる音が上手く発音できなくなると知っているのだ。きょーこ、と言えない。

「ずいぶん熱い議論じゃないか。驚いたな」

「はあ。なんか。ゲンダイイリョの在り方についてみたいな」

「らしいね。途中から僕は聞き取れなかったよ。で、きみはなんて意見したの？」

「え？　えっと、なんてゆか。つまりみんないつかは死んじゃうわけで、えと。なんか、エンメチリョとかノシイショクとかは」

「熨斗《のし》移植？」

ああ脳死か、と濱田は二秒後に気がついた。

やはり魚住は日本語では議論できないらしい。

モルガン教授が魚住の肩を叩《たた》き、なにか言った。響子が反応する。

「魚住くんっ、なんですって？」

「あのね。うん。このあとキョジュの部屋で議論の続きをしないかって」

「だっ、だめよ！」

「どして？」

「魚住くん、もうあなた酔っぱらってるんだから、だめっ」

「あは、酔ってないよおれ」

言いながら魚住が微笑《わら》う。滅多に見せない魚住の笑顔は硬い蕾《つぼみ》が急に綻《ほころ》んで、ふわりと花が咲いたようだ。

「酔ってるのよ。だいたいあなた酔わなきゃそんな笑い方しないわ。もうきっといまのことは明日には記憶にないんだから」

「え、魚住くんそういう酒飲みなの？」

いまさら濱田が慌て気味に問う。

「そうなんですよ。だから部屋になんか行ったら、あたし、知りませんからね」

「そりゃ、マズイな」

どうなるかは目に見えている。あの巨体にのしかかられたら魚住はひとたまりもないだろう。濱田は議論には参加せず、にこにこと聞いていただけの日野教授に魚住を帰らせたいと相談を持ちかけた。

「ウンウン。いいよ。お疲れさま魚住くん。あとはボクが片言英語でなんとかするから。モルガン教授はさみしがるだろうけど、魚住くんの貞操には代えられないからねぇ」

時々、すごいことをさりげなく言う人だなと濱田は思いつつ、一応、笑ってみせた。

「酔ってないですよ？　ホントに」

ぼやく魚住を引っ張るようにして、濱田は会場を出た。比較的早い時間から始まったパーティなので、まだそう遅くはない。

「車を回してくるから。ここに座っていなさい」

響子と伊東にとりあえず接待を任せ、濱田は魚住を送り届けることにした。響子の言うことが本当ならば、魚住はほとんど素面《しらふ》に見えながら泥酔していることになる。ひとりで帰らせる気にはなれない。

ロビーのソファに魚住を待たせ、戻ってみれば身体を斜めにしてうとうとしている。目元が桜色だ。あどけない顔をしばらく見つめ、少し惜しい気持ちで濱田は起こす。

「ほら、行くよ魚住くん」

「んぅ」

魚住を抱えるようにして助手席に押し込む。以前抱えた時より重くなっていた。以前というのは、研究室で倒れた時の話である。あの時ほど痩《や》せていない魚住は、それでも男性にしては華奢《きゃしゃ》と言っていいだろう。

車を出しながら濱田は考えた。

魚住が居候している久留米のアパートまで、この時間だと渋滞に引っかかるはずだ。濱田自身のマンションのほうが近い。

——勝手に持ち帰ったら、あの友人は怒るだろうな。

久留米と魚住が特別な関係ではないことを濱田は承知している。ふたりとも同性愛者ではない。濱田もまた、ゲイではない。

なのに、なんだろうこの感覚は。

魚住にやたらと興味が湧いている。この男なら抱けるんじゃないか、とまで想像している自分がいる。もっとも、男と性行為をした経験のない濱田には、どうもそれは現実味がない。だいたい魚住の合意が得られるはずもないし、それ以前に魚住は不能だと自分で申告している。そんな相手と寝ても虚《むな》しいだけだ。濱田とて、相手に不自由しているわけではない。

しかし、このまま帰すには魚住の寝顔はあまりにも罪作りであった。

べつに、どうこうするつもりはないのだと自分自身に言い訳しながら、結局濱田は魚住を自分の部屋に連れ込んだ。まずはソファに寝かせてタイを取ってやる。

ボタンをふたつ外したワイシャツから覗いた、その白い喉《のど》が微《かす》かに動いた。

「魚住くん？」

「ん」

眠たげに目を開け、魚住は濱田を見た。見てはいるが認識しているか怪しい。魚住の顔を間近で見て、濱田は自分の欲望を明確に自覚した。それは明らかな性的欲求だった。この顔……普段は強い主張もせず、過ぎるほどに欲がなく、せっかく美しいのに無表情とも言えるこの顔が、快感に震えるさまを見てみたい。細い肢体が、捕らえたばかりの魚のように、自分の下でのたうつのを見たい。

引き返しの利かない欲が突き上げてくる。理性派を自認する濱田は狼狽《うろた》えた。魚住を合意なしで犯したという男の気持ちが少しわかった気がして、自分をひどく恥じた。

――魚住はね、まだバカな子供なのよ。

マリの言葉が頭を過《よ》ぎる。

おそらく魚住のことを一番理解している友人であろう彼女は、魚住と肉体関係を持っていないはずだ。子供とセックスはできないと思っているのかもしれない。マリの中で魚住は、幼い子供なのだろう。それは守るべきものであって犯すものではない。

濱田は魚住から離れた。息をつく。

――でも彼は大人じゃないか。

正直に言えば濱田はそう思う。二十五か六だったはずだ。通常なら社会人である。周囲から守られる対象ではない。だからこそマリにしても終始ベッタリと魚住を守っているわけではない。よく研究室に顔を出していた彼女はやはり大学のOGであるが、最近姿を見せないようだ。どうやら放浪癖があるらしい。

——ああ、そうか。守っているわけではないんだな。

マリにしても、魚住を特別扱いしてはいないのだろう。友人として普通につきあっているだけだ。ただ、魚住という友人がどういう人間なのかをマリは理解している。その魅力と脆《もろ》さを知っている。魚住を守りきれないことも知っているのだろう。覚悟の上で友情が成り立っている。

さらに、それを無意識でやってのけているのが久留米という男なのかもしれない。友情も、または愛情であっても限界はある。それが人間同士の間にあるものならば仕方のないことだ。

結局のところ魚住も自分の力で生きていくしかない。誰もがそうであるように。

「……」

魚住が寝ぼけたままなにか言った。

「なんだい？」

「……き、て」

細い腕が二本差し出される。しなやかな植物の蔓《つる》のように。

濱田は見蕩《みと》れる。指先だけで腕の内側に触れてみると、アルコールのせいか思いの外、しっとりとした肌だった。薄い筋肉の上に柔らかな白布がかかっているようだ。くちびるで触れ、その感触を確かめたくなる。その伸ばされた腕が、自分を抱きしめろという合図なのだと悟るまでしばらくかかった。

「う、魚住くん？」

何事が起こったのか濱田にはわからない。せっかく収まりかけていたさっきまでの欲望が再び燃焼し始める。まずい、と自分でも感じる。

腕を、絡める。

体重を半分ほど魚住に傾ける形で、濱田は彼を優しく抱いた。魚住は両腕を濱田の首に巻きつけ、クンクンと匂いを嗅《か》ぐように鼻を鳴らし、幸せそうな溜息《ためいき》をついた。

濱田はふと、魚住が誰かと自分を混同しているのではないかと感じた。

それでもかまわないと思った。

身体を離して魚住を見ると、半分眠っているようだった。

静かに口づける。反応はない。

濱田にしても同性とする初めてのキスだ。しかしそれは女性とするのとなんら変わりはなかった。いや女性とするより背徳感があり、そのぶん刺激的だったかもしれない。

髪を撫《な》でながら、今度は深く口づける。緩んでいるくちびるから舌を忍び込ませる。マティーニの味がする。

「ん」

魚住は逆らわなかった。濱田は素直に迎え入れられ、ふたつの柔らかい舌が絡み合う。

魚住に明瞭《めいりょう》な意識があるのか、濱田にはわからない。おそらくないであろう。響子の話を聞く限りでは今夜のことを魚住はさっぱりと忘れてしまうのだ。

「嘘つきめ」

呟《つぶや》きながら濱田は魚住の耳の形を舌でなぞり、そっと噛《か》んだ。細い眉《まゆ》がひくりと震える。感覚は敏感なようだ。

「誰が酔ってないって？　素面のきみがこんなこと許すはずがないだろ」

シャツのボタンをさらに外し、白い胸を晒《さら》す。薄い皮膚だ。きっと内出血しやすい。軽く吸えばすぐに紅《あか》い跡になるだろう。そんなことを思いながら指先で辿《たど》っていく。喉から鎖骨。その窪《くぼ》み。このへんに胸腺《きょうせん》。T細胞はここで成熟化する。もう少し下が心臓。滑らかな皮膚に口づける。跡を残したい衝動を抑えて舌を長い距離で滑らせた。途中、小さな突起を通過すると、ピクリと魚住が反応した。

「あ」

反対側の乳首も同じように、通過するだけの愛撫《あいぶ》を与える。魚住がもどかしげに身体を捩《ねじ》る。顔を上げてみれば、魚住は思っていた通り——いや想像以上に艶《つや》めいた顔をしていた。普段は紗《しゃ》がかかったように表情の読めない瞳《ひとみ》が、濡《ぬ》れて輝いている。頰が染まり、くちびるは緩く開かれたままで、どこか困ったような表情がそそる。

もう一度、口づける。

噛みつくように激しく。

もはや濱田の理性も飛びつつあった。同性に欲情したのは初めてだったが、いまはこの男を見て欲情しないほうがおかしいと思った。

魚住の口腔《こうこう》を舌で掻《か》き回しながら、胸に手を這《は》わせる。さっきの行為で硬く尖《とが》ったところを指先で愛撫する。円を描くように捏《こ》ねてやると、魚住が耐えきれない風情の吐息を漏らした。

「ん……ん、や、……るめ」

濱田の手が止まる。

——誰を呼んだ？

それでも行為をやめるつもりはなかった。片手を魚住の脚の間に滑らせる。不能だというのが本当ならば無反応なはずだ。

反応している。

そこは熱を持ち、硬く膨らんでいた。

「誰が不能だって？」

濱田は魚住の耳元で囁《ささや》きながら、そこをギュッと握り込んだ。

「あっ……。——え、えッ？」

「うわっ」

跳ねるように上体を起こした魚住と、濱田の頭が危うく衝突するところだった。

「た、勃《た》ってる！」

魚住が自分の股間《こかん》を覗《のぞ》き込んで叫んだ。

「うわあ。勃起《ぼっき》してるッ。久しぶりだァ。すごいッ」

どうやら感動しているらしい。

「嬉《うれ》しいなー。ほらほら勃ってますよねぇ、濱田さん」

「……そうだね」

「ずうっと、朝勃ちもろくになかったんですよ、うわー」

濱田は言葉を失っていた。一緒に喜んでやるべきなのだろうか。そうしたら、続きができるだろうか？

「あれ？」

ふと魚住が自分の着衣が乱れているのに気がついた。ここが自分の知らない部屋であることにも。

「ここ、どこですか？」

「僕の部屋だ」

「おれ、なにしてるんですかここで？　なんでシャツ脱ぎかけているんだろ？」

濱田は苦笑した。どうやらここまでのようだ。魚住は完全に目を覚ましたらしい。酔いも抜けている。いままでの記憶はないのだ。

いったい、どういう記憶回路なのだろう。

「魚住くん。きみパーティでドイツ語話したの覚えてる？」

「ドイツ語？　もう何年も使ってないから喋《しゃべ》れません」

「ああ……もうあの辺から記憶がないのか」

それを聞いた魚住が顔をやや曇らせた。

「あ。おれまたなんかしました？」

「いや。したのは僕だけど」

「は？」

濱田は再度魚住に向き直った。大きく開いたシャツの襟を、悪戯《いたずら》するように引っ張る。

「脱がせたのは僕。きみのを勃たせたのも僕。キスもしたよ。舌も入れた。本当に覚えてないのか？」

「うわ」

魚住がポカンと口を開けて驚いている。

「おれ、濱田さんで勃っちゃったの？　おれってばゲイになったのか」

その部分で驚く前に、もう少し考えるべきことがあるだろうと濱田は思う。だがまあ、それが魚住という男である。

「いや。僕が勃たせたっていうのは正しくないな」

「は？　なんでですか」

「きみは僕じゃない誰かを想定していたらしい」

「誰かって？」

「たぶん、僕と同じトワレをつけている人だ」

魚住はグッと眉間《みけん》に皺《しわ》を寄せたかと思うと、いきなり濱田のうなじに顔を寄せた。

くんくんと、犬のように匂いを嗅いでいる。

「…………？」

「どうだい」

「わかんないですけど。これなんていう香水？」

「プラティナ」

「知らないなァ」

「……たとえば、久留米くんはこれつけていないかい？」

「久留米は香水なんかつけないです。煙草のにおいしかしない」

そう言われてみれば濱田の知る久留米もトワレなど嗜《たしな》むキャラクターではない。

「そうか」

「そう」

「確かに彼がプラティナを使うとは思えないな」

濱田は魚住のシャツの袷《あわせ》を閉じてやる。その後ソファから立ち上がって煙草に火をつけた。なんだかすっかり気が抜けてしまった。

「でも言われてみればどこかで嗅《か》いだような気もしなくはないんだけどなー。うーん」

「コーヒー飲むかい？」

「あ。飲みます」

「ま、よかったじゃないか。勃って」

「はい」

魚住は嬉しそうな声を出して頷《うなず》いたあと、思い出したように、

「でも濱田さん、なんでおれにキスなんかしたんですか？」

と聞く。濱田はせっかく綺麗《きれい》にセットされている頭をやや乱暴に掻《か》きながら、

「ちょっとふざけただけ」

と投げやりに答えた。


予定より遅く戻ってきた魚住はまったくの素面《しらふ》だったので、久留米はホッとした。一応気にはなっていたのだ。ただそれを口には出さない。

「久留米ッ、聞いて聞いて」

「なんだおまえ明るいな。気持ち悪いぞ」

コートも脱がずに魚住がなにやらはしゃいでいる。いつになくテンションが高い。

「おれインポ治ったみたいだ！」

突っ立ったままで高らかに宣言した。

「——は？」

久留米は胡座《あぐら》をかいて競馬雑誌を眺めていたが、やっと視線を上げた。

「だから、勃起するようになったんだよ！」

「――いつ？」

「今日！　さっき！」

「パーティで？」

「いや、濱田さんちで」

　間があいた。悪戯《いたずら》が成功した子供みたいな目の魚住を手招きし、久留米はとりあえず自分の前に座らせた。

「濱田さんちに行っていたのか？」

「うん。なんかパーティでやっぱり酔ったみたいで」

「なんで濱田さんちなんだ？」

　いままでそんなこと気にしていなかった魚住は少し考える。が、わからない。

「さあ？　でも起きたら濱田さんちだったんだよ」

「で、濱田さんちでなにしてたら勃起したわけ？」

「……あの」

　ここまできてやっと魚住は、あまり好ましくない話を自分が始めたのだと気がついた。久留米は男同士がどうこうというのは嫌いらしい。正確には久留米は魚住が男にどうこうされるのを嫌うのであるが、そんな細かいところまではわかっていない。

「……えっと」

魚住は嘘がつけない。

つかないのではなく、つけない。嘘をつくほど自己防衛に敏感ではない。久留米が怒りつつあるのがわかっていても、やはり上手《うま》い嘘や言い逃れは考えつかない。

「濱田さんはふざけたんだって」

「ああん？」

「その、ふざけて、酔っぱらってるおれにキスとか」

「キスだと？　で奴にキスされて、まんまと勃っちまったのかおまえ」

「あっ、キスだけじゃな……」

言いかけてしまったと魚住は気がつく。だが遅い。遅すぎる。

「キスだけじゃなく、なにしたんだよ？」

「あー。えーと」

「……おまえホモなの？」

「違うよ」

「男にキスされたり、ほかにもいろいろされて、そんで感じちゃうのをホモっていうんじゃないのかよ」

「でも、おれはゲイじゃないよ」

たぶん、と魚住は心の中でつけ足した。

実のところ、自分でもなんだかよくわからないのだ。

確かに同性相手に欲情したのだが、その時自分が相手をどこまで認識していたのか定かではない。男なのか、女なのか、誰なのか。少なくとも、男だったから欲情したというのは違うように魚住には思える。

久留米は口を曲げたまましばらく沈黙していたが、

「べつにおまえがそうだとしても、おれには関係ないけどよ」

と捨てるように言った。

本当は、関係なくない。

久留米は薄々感づいていた。自分が魚住に特別な感情を持つ瞬間を意識していた。けれどもそれはまだ自分の中でごまかしが利く程度の衝動でもあった。魚住は男だが、顔だけで評すれば誰しもが認める美形ではある。ヘテロセクシャルな自分であっても、『ちょっとそんな気』になってしまうことくらいある——そういうごまかしである。自分は魚住に特別な関心があるのではないか……その問い自体が、久留米にはタブーだったのだ。魚住が同性愛者でなければ、つまり女とならば誰となにをしようとかまわない。というか、かまいようがない。自分は最初から対象外なのだから。

だがそうでないのならば。

ほかの男と抱き合えるなら、話は違ってくる。魚住を性的な対象として見てはならないという理由の一部が崩壊する。魚住はそういう性癖なのだから、触れてもいいのだという答えが出てしまう。

しかし久留米はゲイではない。異性しか恋愛対象と認めないという規範にきっちりと縛られている。だからこそ平穏である。仮に魚住が同性でも受け入れ可能なのだとしたら、あとは久留米自身が自分を縛るヘテロセクシャルという規範から、逸脱するかどうかという問題になってくる。

そういうヘビーな問題は、久留米の手に余るのだ。

魚住はただの友人だ。手間と世話のかかる友人。金魚を飼うよりは面倒だが、散歩させなくてもいいぶん犬よりはマシ。そういうつもりでいた。それでいいのだ。それならばこれからもずっとそばにいても問題はない。

それ以上は久留米には重荷だった。魚住が重荷なのではない、自分が世間の常識から逸脱するという事態が重荷なのだ。そんなことにならないために、久留米としては魚住にには絶対にゲイになってほしくない。魚住が男に抱かれるのだと知ったら、おそらく一緒には住めなくなる。嫌悪感からではない。久留米がホモフォビアであり、ゲイの友人を嫌悪するという話ならまだ簡単だったのに——そうではないから困る。ある意味、嫌悪より醜くてややこしい感情が生まれそうだから、困るのだ。

「なんだかな。なんでおれがおまえのインポが治った話を真剣に聞かなきゃなんないのよ。もう、いい。ハイハイよかったね」

その感情を魚住に知られるのは許せない。だから勝手に話を纏《まと》めた。

「久留米……えと。ごめん」

「おれに謝ることたァないだろ」

「そうだけど」

「明日《あした》早いから、もう寝るぞ」

「うん……」

魚住もまた混乱している。酔ったところを濱田に悪戯されて、そしたら勃起《ぼっき》に成功しました、それだけのことだ。普段の魚住ならば飾り気なく平淡に言ってのける。なぜそれができないのか。

久留米の前だと、だめなのか。混乱してしまう。

狭い六畳間にふたりぶんの混乱が溢《あふ》れたまま、居心地の悪い夜が更けていった。

2

手の中の硬く、冷たい金属。

強く握りしめる。自分の体温をその金属に与えるように握りしめる。

「そろそろ鍵《かぎ》、返せ」

久留米は昨晩そう言った。

うん——魚住は短く答えた。言われるような気がしていた。不思議に予感があった。いつもは鈍いとばかり言われているのに。

パーティのあった日から一週間は普通に過ぎていた。久留米は会社へ。魚住は大学へ。普段から饒舌《じょうぜつ》に会話を楽しむようなつきあいではない。だから険悪な雰囲気ということもなかった。

ただ、なにかが変わってしまっていた。

魚住はそれに気がついていた。久留米の周囲になにか張りついている。目には見えないもの。ポリエチレンのラップのように透明で薄いもの。それは拒絶に似ていた。少なくとも魚住にはそう感じられた。久留米は自分に、ここにいてほしくはないのだと感じた。言葉にされなくても、他人の感情がわかったのは初めてだったかもしれない。

魚住にとって他者はいつでも遠かった。

あまりに遠すぎて、他者を理解することは不可能に思えた。

いまはわかることがある。

久留米は自分に出ていってほしいのだ。考えてみればあたりまえだ。ここは久留米の部屋である。魚住にはちゃんと自分のマンションがある。専有面積にして久留米の部屋の四倍はあるマンション。そこに戻ればいいのだ。たったひとりのあの部屋に。

「……さむ」

アパートのドアの前で呟《つぶや》く。今朝からさらに気温が下がってきた。白い薄手のセーターにダッフルコートの魚住は少し震える。合い鍵をどうしようか考える。古い郵便受けは崩壊しかけているので、優しい隣人に預けようと思った。

「サリーム？」

声をかけてから気がつく。留学生である隣人は故郷の母親が体調を悪くしたと年末から帰国中なのだ。彼の優しい笑顔を見ればこの寒さも和らいだかもしれなかったのに。

そう思うと少し悲しかった。

仕方ないので鍵は新聞受けから部屋の内側に落とす。

カチンと冷たい音がした。

「魚住さん。あの、どうかしたんですか」

「なにが？」

「この論文……」

伊東がみっちりとタイピングしてある用紙を手に訝《いぶか》しげな顔をしている。

「誤訳あった？」

「いえ、そういうんじゃなくて」

魚住が自分のマンションに戻って、すでに数週間が過ぎていた。

日常は淡々と過ぎていく。

起きて大学に行って帰って寝る。魚住は一日のほとんどを研究室で過ごした。タンパク質の立体モデルを見つめ、分裂する細胞を見つめる。レポートを纏《まと》め、教授に頼まれれば論文の邦訳もする。

久留米から連絡はない。けれども拒食や味覚障害が再発することもなかった。

「じゃあ？」

「だって早すぎますよ。日野教授から渡されたの昨日でしょ？　で、今朝もうできているなんて、三十ページある論文ですよ？」

「ああ、寝ないでやったから」

魚住は白衣を纏った肩を竦《すく》めて目をこすった。

「徹夜して？」

「うん」

「だからそんなクマが……せっかくのハンサムなのに」

「ちゃんと訳したつもりなんだけどな……どこが変だった？」

「あのね、魚住くん。伊東くんはあなたを心配してるのよ」

響子が伊東に渡された論文を見ながら、通訳に入る。

「え？　あ、そうなの？」

「バカねぇ、もう。だってマイペースな魚住くんが突然すごい勢いで仕事するようになりゃ、何事かと思うわよみんな」

伊東が上目遣いに小さく頷《うなず》いた。

「ああ……やることないんだよおれ」

「やることないって」

響子と伊東が同時に言った。

「やぁね。テレビ見るとか本読むとか買い物するとか、なにかしらあるでしょ」

「そうですよ。プレステするとかデートするとか」

「テレビつかない」

「なんでよ」

「なんか……電気系統が壊れてて」

「ええ？　じゃ、明かりもつかないってこと？　エアコンも？」

「うん」

「寒いじゃない！」

「コート着てるとわりと平気」

「……いつから？」

「うーんと、先々週？」

響子と伊東はしばし絶句した。

「だからレポートの翻訳は二十四時間営業の喫茶店でやってた。明け方に仕事明けのオカマの人にナンパされたけど、丁重にお断りしたよ」

「ガ、ガスはきてるんでしょうね？」

響子が恐る恐る聞く。

「うん」

「でも確か魚住くんとこ、電気温水でしょ？　お風呂《ふろ》入れないじゃないのッ」

「水は出るから」

「水風呂入ってるっていうの？」

「んー。水シャワーしたらすごく寒くなって。それからはコインシャワーとか。面倒だと水でシャンプーだけしたり」

「何月だと思ってるの？　死ぬわよそんなことしてると……」

「死なないよ、そんなことじゃ。ねえ伊東くん」

「死にます。肺炎こじらせると怖いんですよ」

普段はおちゃらけている伊東にまで真面目に諫《いさ》められ、魚住は鼻の頭を掻《か》いた。

「誰が死ぬって？　伊東くんシーケンサーのデータどうした？」

研究室の隅で固まっていた三人に、別の教室から戻ってきた濱田が声をかける。伊東が「ア」と思い出したような顔をしてパソコンの前に慌てて座る。響子も深い溜息《ためいき》をつきながら自分の席に戻った。すれ違いざまに濱田にさっきの論文を渡し、なにか耳打ちをする。

「早いな。え？　水――？　そりゃまた……」

当の魚住は自分の話をされているのはわかったが、とくに気にせず、伊東のデータ解析を手伝い始めた。細い指がマウスを握り、クリックごとに展開される画面を無表情に見つめる。ほかになにも考えなくてすむように、魚住は頭の中を研究データでいっぱいにすることに専念し続けた。

「魚住くん。晩飯は」

「え」

夕刻、上着をだらしなく羽織りながら、研究室を出ようとしていた魚住は濱田の声に振り向いた。伸びっぱなしの前髪の先が目に入って、顔をしかめる。

「……きみ、どうして上着着るたびに中のシャツがぐちゃぐちゃになっちまうんだい？　ああもう。ほら」

魚住の襟を直してやる。されるままの魚住は濱田のトワレの香りを間近に感じた。なんとかいうトワレ。名前はもう覚えていない。

「はい、いいよ。食事、つきあいなさい」

「はあ」

「自分のマンションに戻ったんだって？」

「はい」

「追い出されたか」

「いえ、べつに」

強制だったわけではない。魚住がごねれば久留米は居座らせてくれたかもしれない。少なくとも、すぐに出ていけとは言われていない。いたたまれなさを強く感じたのはむしろ魚住のほうだった。

「狭いし……息が詰まって」

なんだったのだろう、あの息苦しさは。

「まあ、あのアパートじゃあなぁ」

「はあ」

「なにが食べたい？」

「なんでも」

本当になんでもいいという顔をしているな、と濱田は思った。

食べるのはカロリー摂取のため、とりあえず生きるため。いまの魚住からはそんな雰囲気が感じ取れる。

「じゃあ僕のとこに行こう。ちらし寿司《ずし》がある」

「ちらし寿司？」

「嫌い？」

「好き、ですけど。なんで濱田さんちにちらし寿司が」

「昨日の午後休みだったから作った」

「濱田さんが」

「そうだよ。きみだって料理するんだろう」

「最近しないです」

「ああ、食べさせる人がいないとつまらないからね。料理は」

濱田はそう言うと魚住の背を軽く押して、研究室をあとにした。

郊外にある大学から濱田のマンションまで、電車だと小一時間ほどかかる。濱田は車で来ていた。本来学内は駐車禁止だが、足の悪い日野教授のため、送迎を頼まれることが多く、特例を認められているという。

車の中で魚住はほとんど喋《しゃべ》らなかった。もともと饒舌《じょうぜつ》とは言えない男なので、濱田は好きに黙らせておいた。控えめな音量でラジオが歌う流行の曲を聞きながら、魚住は助手席で眠ってしまったようだ。起きた時には濱田のマンションの駐車場だった。

「疲れてるみたいだね」

車を降りながら濱田が言った。

「そんなことないと思いますけど」

「ちゃんと眠れてる？」

「……そこそこは」

問われて、魚住は曖昧《あいまい》な返事をした。眠れなくはない。けれどいつでも眠りは浅かった。頭脳労働でそれなりに疲れているはずなのに、理由もなく夜中や明け方に目が覚めてしまうのだ。

「よくないね。限界なのかな」

「なにがですか」

「さあ、なにがだろう。でもなんにでも限界はある」

「ヘイフリック」

「それは細胞の分裂限界。ほんとにきみ、最近変だね」

ちらし寿司は立派な出来映えだった。

ふわりと載せられている錦糸卵《きんしたまご》も濱田が自分で作ったという。

「細かい作業が苦にならないんだ僕は。薄焼き卵なんかお手の物さ」

食後のお茶を淹《い》れながらそう言う。なるほど部屋もきちんと片づいている。テレビの上に埃《ほこり》のヴェールもない。掃除もまめにするタイプだろう。

「時々、猛烈に料理がしたくなる。子供の頃好きだったものだね、たいてい。オムライスを三日続けたり。焼きそばを朝昼晩と食べたり」

「飽きませんか」

「飽きる」

濱田は笑った。魚住はふと、濱田が笑う時には必ず顔を斜めにして、視線を逸《そ》らすことに気がついた。それは気障《きざ》にも見えてしまうのだが、実はちょっとした照れ隠しなのかもしれない。

「濱田さんは、」

「うん？」

「おれに欲情したんですか？　あのパーティのあと」

いつもと同じ顔でいきなり核心をつかれた濱田は、やはり少し顔を傾けて笑った。

「欲情ときたか。うん、あの時はね」

「濱田さんって、ゲイなんですか？」

「いや。いまのところ、男と寝た経験はない」

「じゃあなんで？」

「さあ？　べつにゲイじゃなくてもそういうことはあるんじゃないの。魔が差す、みたいな。そうだ。きみね、酔ってる時は強烈なフェロモン出すタイプみたいだぞ。気をつけないと、そのうち犯され――失礼」

濱田は詫《わ》びる。つい口が滑ったのだ。

「ああ。いいですべつに。もう終わったことだし」

魚住は気にする様子もなく、平淡に言った。魚住の唯一の同性との性行為は、暴力を伴った最悪の経験だった。思い出したくはないが、過去にいちいち傷ついていてもきりがない。加害者のほうは、学校をやめて田舎に引っ込んだと聞いている。

「きみはあんな体験してるわけだし……嫌だろう、そういうのは」

「そういうのって」

「同性愛行為」

「アナルファックは痛いからやだな」

「直接的表現の好きな男だな。べつに形態は問わないよ。男同士はだめだろう、っていう意味」

魚住はふと言葉を忘れたように黙り、しばらく視線を彷徨《さまよ》わせた。珍しく言い淀《よど》んでいる。普段からぼうっとしてはいるが、基本、返事は早い男なのだ。たいていは短い返事ではあるが早い。思慮深くないからである。考えないのだ。

そんな魚住の沈黙を、濱田は急《せ》かすこともなく煙草に火をつけながら待った。

「濱田さん、おれで抜けます？」

「ゲホッッ！　ゲホホホッ！」

濱田は思いきりむせた。煙が耳から出そうなほどだ。

「な、なんだって？」

「おれでオカズになります？」

「はぁ？」

尻《しり》上がりのイントネーションに、自分でも奇異な声が出たなと思う。

「おれね。ほらインポ治ったでしょ」

「あ、ああ」

「で、自分のマンションで試したんですけどひとりで」

「ああ、そう」

ほかに返事のしようもない。

「そうしたらね。おれってば久留米で抜けちゃったんですよね」

「そ、それは」

どういう顔をして、なにを発言したらいいものか、濱田にはわからない。

「久留米にばれたら、ぶん殴られると思う。さすがに」

魚住は眉根《まゆね》を寄せて言った。反省の表情なのだろうか。あるいは自己嫌悪か。

「なんか、身体が濱田さんの時のこと覚えてるみたいで……触れられた感触とか。キスされたこととか。頭でははっきり覚えてないんですけど。そのへんのことを久留米に置き換えて反芻《はんすう》してたら、すごく気持ちよくイけちゃったんですよね」

濱田の脳裏に、あの時の艶《なまめ》かしい魚住がフラッシュバックする。

自分を呼ぶ白い腕。過敏に震えるしなやかな身体。鼻にかかった甘い声。

「おい。思い出させないでくれよ。あの時のきみはちょっと問題だった。言っちゃあなんだけど、久留米くんだってわかんないぞ。あんな声で呼ばれたら」

「呼ぶ？」

「ああ。最初にきみは腕を伸ばして呼んだんだよ。僕を。っていうか誰かを」

「あれま」

「なんだい、その間の抜けた合いの手は……。とにかく、きみが彼で、その……マスターベーションしたみたいに、あるいは彼だってきみをオカズにしてるかもしれないじゃないか」

「まさか。ないですよ」

「わからないだろう、そんなこと」

「わかります。久留米はそういうんじゃないから。……久留米にとっておれは、なんていうか、その……」

言葉を探したまま、魚住が固まってしまった。メモリの足りないパソコンのように凍ってしまっている。

魚住は考えていたのだ。

かなり必死に。懸命に。研究以外のすべての事象を（ま、いっか）で流してしまう魚住としては、あり得ないほどに考えていた。

久留米にとって自分とはなんなのか。

転じて、自分にとって久留米とはなんなのか。

いままで友人という便利な言葉で適当にくるんでおいたものの本質が、見えそうになっている。それがなんなのか、魚住にはまだ見えない。

わからない。

どう表現したらいいのだこの気持ちを。

心臓がどうかしたのかという胸の痛みを。

言葉が見つからないのだ。もともと語彙《ごい》の貧弱な魚住に、いまの自分の状況は説明不可能であり、手に余る。

無意識のうちに、溜息《ためいき》が零《こぼ》れる。

その溜息が意味するものを、自分はいつか知り得るのだろうか——そんなふうに考えながら、魚住はまた新しい溜息を生んだ。

3

「それをヒトは恋と呼ぶのよッッ！」

仁王立ちに銜《くわ》え煙草のマリが叫んだ。

「ばかばかばか。バッカねーあの子は。あれくらいバカだといっそ清々《すがすが》しいわね。久留米もまたバカだけど、まああいつが時々やけに古めかしい男に成り下がるのは、あたしも知ってるけどさ。しっかし、なんなのかしらアレは。今時風俗マッサージの女の子だってケツの穴に指くらいつっこむわよっ。なに怖がってんのかしらバッカみたい」

「マリさん……真っ昼間の往来でケツの穴と叫ぶのはどうかと思うよ」

濱田がすれ違った中年のサラリーマンの冷たい視線を気にしながら苦笑する。

マリは鼻と口から同時に煙を吐き出しながら、ずんずんと闊歩《かっぽ》する。歩くのがやけに速いのは、ハイヒールを履いていないせいだ。

「それにしてもまたずいぶんイメチェンしたもんだね」

「そお？　どーせセンセの中のあたしのイメージってのはキャバクラのねーちゃんだったんでしょ？」

「だって、事実クラブ勤めだっただろう」

「事実が正義ってわけじゃないのよ。まったくインテリはこれだから」

「そのインテリっていうのやめてほしいな」

「言われるの嫌いでしょ」

「嫌いだね」

「だから言ってるの」

マリが得意げに笑った。

この間まで背中まであった髪はバッサリと切り落とされている。いまは耳も襟足も惜しげもなく晒《さら》したベリーショート。しかもオレンジ色に近い茶に染められている。ショッキングピンクのニットに黒いジーンズ。マリの長い脚が際だっている。羽織っているパーカーは迷彩模様。その上にケミカルファーの黄色いコート。濱田はそのコートを見てヒヨコを思い出した。

「なんだか、デザイン学校に通いながらバンド活動して、ストリート系ファッション誌でモデルのバイトしている、っていう格好だ」

濱田の意見は言い得て妙であった。ボディコンシャスなワンピースに身を包み、銀座や青山のクラブでバイトをしていたマリとは別人のようである。

だがそれは外見だけの話で、中身はいつでも同じマリである。

「あたしはファッションなんかにポリシーを持たないのがポリシーなの」

「ややこしいな。でも似合ってる」

「なんでも似合うわよ美人なんだから」

「それは否定しない」

「そういう事実は強く肯定していいのよ」

お使いの途中らしい制服姿にコートを引っかけたＯＬが、ちらりとマリを見てすぐに目を逸《そ》らした。時間は午後二時をまわったところである。

冬晴れの、いい天気だ。

濱田はなんとなく空を仰いだ。ちょうど気分転換したかったのである。ここのところ研究室に籠《こ》もりがちだった。それは魚住も同じことだ。

「魚住くんが連絡つかないってぼやいていたよ。あなた住所不定なんだって？」

「まあね」

「彼どうも様子が変だから、また訪ねてやってよ」

「やあよ。いまの話聞いてたらやんなった。魚住は好きだけど、恋愛相談は嫌いだもん。しかも自覚のない奴なんか相手にしたらイライラしちゃう」

マリは魚住を訪ねて研究室に顔を出したのだが、あいにく当人は国会図書館へ資料を探しに出かけ、不在だったのだ。おかげで濱田がランチを御馳走《ごちそう》する流れになった。

「恋ってのはつまり、魚住くんが久留米くんに？　しかし、ああいうのを恋っていうかね。だって」

濱田は声のボリュームを絞った。

「マスターベーションの対象にできたら恋、なんてきりがないじゃないか」

「その部分だけを指摘して言ったわけじゃないわ」

「じゃあなにが恋なの」

「うるさいセンセイだわねー。だから理系って困るのよ。言葉は化学反応じゃないんだから、いつも同じで決まったものとは限らないの。あれが恋でこっちは愛とか、そういう使い方はしないんだってば」

「でも魚住くんは恋してるんだろう？」

「そうよ」

「それはどういう事実に基づいた観測結果なわけ？」

マリは煙草を挟んだままの手で濱田を指差し、整った顔をしかめた。グロスの載ったくちびるが濡《ぬ》れた果物を思わせる。

「あたしがそう思ったんだからそうなのよ。あたしが言うんだから間違いないのよ。少なくともあたしの自覚において、世界はあたしを中心に回っているんだからッ」

あはは、と濱田は笑ったが、マリの言う通りだろうと思ってもいた。

それはきっと恋なのだ。

本人が気づかないだけで。

ランチタイムぎりぎりに店に入り、窓際のテーブルにつく。マリがウエイターに惜しみなく笑いかけると、グラスワインがサービスされた。

「初恋かな魚住くんは」

「かもね」

「するとアレかな。僕も魚住くんに恋をしたのかな？」

「それは違う」

マリは間髪を容《い》れずに否定する。

「濱田センセのは、一時的な肉欲ってやつ」

「ひどいな」

「だって素面《しらふ》の魚住見ても、もうどうってことないでしょ」

「そうだね。むしろ、痛々しいね。抱くには」

そう言うと、マリはメニューからちらりと目を上げた。

「センセはたぶんあたしと同類よ」

「それは？」

ウエイターがオーダーを取りに来た。ふたりは打ち合わせもなしに同じ主菜、同じデザートを頼んだ。

「それはどういう意味なんだい？」

濱田は繰り返した。

「魚住に惹《ひ》かれる人間のほとんどは、まずあの容貌《ようぼう》にだまされるのよ。それはわかるでしょ。だけどあいつの中身はああだから、あまり長く続かないわ。アレの相手は生半可じゃできないもんね。中身がわかっても、まだ惹かれ続けるタイプはふたつよ」

濱田は黙って聞いている。とうに昼を過ぎているので、店ではもう一組のカップルが食事をしているだけだ。

「ひとつはあたしやセンセや……響子ちゃんも入るかしらね。魚住の見事なまでの不運さに引き寄せられるタイプ」

「不運？」

「そう。あいつの不運はまるで体臭のように染みついていて——それが一部の人間にはわかっちゃうのよね。具体的に魚住の過去を知らなくてもわかる。その痛みの一部を共有してしまいそうになる。危ないわよコレ」

「彼は……不幸なのかな」

そう聞きながら濱田はわかっていた。少なくとも幸福な子供ではなかっただろう。親の愛を知り、守られた子供ではなかっただろう。

「不運と不幸は違うかもしれないけど、ま、幸福ってヤツとは縁の薄い男だわ」

「そうかもしれないね」

ワインの香りのする小さな溜息《ためいき》を濱田はテーブルに転がした。

「あたしも魚住の全部を知ってるわけじゃないけど」

マリのグラスはすでに半分になっている。

「魚住に両親がいないのは知ってる？」

「ああ。事故で亡くなったんだろう。お兄さんも一緒に」

「その家族は魚住の養子先だっていうことは？」

「いや。それは」

知らなかった。

血の繋《つな》がった家族なのだと思っていた。

「魚住は孤児だったの。あの子ね、四回苗字《みょうじ》が変わってるのよ。魚住っていうのは亡くなった養子先の姓なの」

「四回」

「生れてから十四歳までの間で四回ですって。姓名判断の話をしてた時に、本人がいつものボーッとした調子で言ってた。あたしもあんまり突っ込んで聞かなかったけど」

マリは頰杖《ほおづえ》をついて窓の外を見た。銀杏《いちょう》並木を老女がゆっくりと歩いている。赤いストールがふいの風に持っていかれそうになる。

「同情というのとは違う。どっちかっていうと、巻き込まれそうになるのよね。なんていうか……やけに静かな悲しみみたいなものに。しかも本人は自分が特別不運だと思ってないのよ。思ってないのか考えないだけなのか、それはわかんないけど。あいつがほかの人間と違うのは、そこ。あたしたちは自分の身の上に起こった悲しい出来事を、嘆いて悲しんで泣きわめいて腹を立てるでしょう。時には他人にあたったりしながら、なんとか凌《しの》いで生きていく。あいつはそれをしない」

変な奴よ、とマリはつけ足す。

そこへ、サラダとともに子羊の香草焼きが運ばれてきた。マリは肉を全部切り分けてから、フォークだけを使って食事を始める。その様子がなんだか愛らしくて濱田は少し心が和んだ。

「とにかく、魚住の持つネガティブな部分に惹かれて気になっちゃうタイプ。それがあたしたちってわけ。だからって魚住と、どうしてもやれないってこともないけど。やっても虚《むな》しいと思うわね。もともと惹かれてる原因がフィジカルな部分とは対極にあるものなんだから。センセ最後までいかなくてよかったかもよ？　寝てみて、もしハマったら、それはそれで地獄だもん」

「地獄っていうのはすごいな」

「あの利発な響子ちゃんが、一時はあんなふうになったのよ？　自分の恋人がわからない、自分の恋人を絶対に救えないっていうのは、しんどいもんじゃないの？」

濱田は肉を咀嚼《そしやく》しながら考えた。

「救えない、かな」

「救えないわよ。魚住に限らないけど、他人を救うことなんかできるわけないじゃない。多少の手助けはできるかもしんないけどさ」

「そんなものかな」

「人間が人間を救えたら神様いらないでしょう」

それはそうである。

エンダイブをわしゃわしゃと食べているマリを濱田は見つめた。頭のいい女性は好きだ。だが、その説は魚住にとってはあまりに残酷なようにも思える。

「じゃあ魚住くんは、誰とも恋愛が成立しなくなってしまうのかな?」

誰とも心を分かち合わず、誰とも微笑みあうこともせず——?

「もうひとつのタイプが残ってるじゃない。数的にはすごーく少ないけど現実に約一名存在してるわよ」

「え?」

「魚住の不運を気にしない人間よ」

「気にしない?」

マリがナフキンで口を拭《ぬぐ》う。ナフキンに口紅の鮮やかな赤がつく。

「魚住自身を受け入れることができて、でも魚住に纏《まと》わりついて離れない不運の匂いを気にしない、あるいは気がつかない。それはそれは鈍い奴」

「ああ」

いた。ひとり。

つまり、だから、久留米なのだ。

久留米だけが魚住に対して不動なまでにニュートラルな存在なのだろう。少なくともいままではそうだったのだ。

「でもねー。先のことは知らない。あいつは基本的に女しか抱かないし、いままでは言ってみれば、放任気味の親みたいな立場にいただけだしね。あいつO型だし。だいたい久留米は魚住でその気になんのかしら？　今度聞いてみようっと」

聞かれたらあの男どういう反応をするのだろう。濱田はちょっと興味があった。

デザートに出てきた、小振りのパンナコッタを楽しみ、会計をすませて店を出る。濱田が財布をしまおうとしたとき、いきなりマリが胸元に顔を寄せてきた。

「うわ。なに」

「あら。濱田センセってば洒落者《しゃれもの》ね。プラティナ？」

マリはトワレの匂いを嗅《か》ぎつけたのだ。

「ああ、そう。知り合いがヨーロッパに行った時のおみやげなんだ」

「日本にはまだないものね、これ。あたしもこないだ二週間ほどあっちに行った時、いくつか買ってきたわ」

「――それ、誰かにあげた？」

「いま一緒に住んでる人と……あ、久留米にもあげたっけ。もっともあいつはトワレなんかつけないから、アフターシェーブローションにしたけどね」

「なんだやっぱり――」

彼なのか。

濱田は捜査で裏付けが取れた刑事のような気分になった。

朝の間しか香らないローションだったので、魚住の記憶の表層には残らなかったのだろう。早朝の久留米が漂わせている香りは、半分夢の中にいる魚住が毎日嗅いでいるものだったのだ。

「知らなかったよ。アフターシェーブローションもあったのか」

そう言って濱田はクスクスと笑い、マリに「なに。気持ち悪い」と言われてしまったのだった。

風邪をこじらせた場合、最悪死もあり得る。

魚住は一応、それを承知している。厳密にいえば風邪という病気はない。鼻や喉《のど》、気管支の炎症・発熱などの諸症状を、便宜上風邪や感冒などと言う。ちなみに、風邪とインフルエンザは別ものだ。風邪の原因はライノウイルス、アデノウイルス、コロナウイルス、その他もろもろ。インフルエンザの場合、ずばりインフルエンザウイルスである。いずれの場合も、肺炎までこじらせると厄介だ。子供と老人はもとより、健康な成人でも重篤化することはある。

早期治療は医療の基本だ。

……と、よく知っている魚住は見事に風邪をこじらせていた。

息をするたびに、ゼイゼイと濁った音がしている。目を少し開けただけでくらくらする。トイレに立つだけで精一杯だった。昨日から水しか飲んでいない。

――あァ、おれ、死ぬのかな？

朦朧《もうろう》とした頭で考えた。

――葬式とかどうするんだろう。坊さん……お寺……面倒だなあ。いや、おれの葬式だから、おれがしなくてもいいのか……。

熱い。額と喉が熱い。

そしてほかの部分は凍えそうに寒い。昨日すでに三十八度を超していた体温はいまどうなっているだろう。枕元の体温計を手に取ることすら億劫《おっくう》だった。

エアコン以外に暖房手段のない魚住の部屋は、相変わらず電気系統が全滅していた。真冬にその中で生活していれば、風邪をひかないほうが不思議である。暗くて寒い部屋には夜しか帰らないとはいえ、もともと虚弱な魚住の身体など一撃である。

――おれって絶対、免疫系弱いよなァ。ウチのNK細胞って根性なさそうだもんな……肺炎になっちゃうとマジでやばい……。

ぎしぎしと痛む関節を無理に動かした腕で、布団にしがみついた。パジャマは汗でびっしょりだったが着替える気力などない。いまの魚住にタンスの抽斗《ひきだし》は鉄より重い。

――バチが当たったのかな。久留米をオカズになんかしたから……。

辻褄《つじつま》の合わない考えが頭を過《よ》ぎる。

痛い。熱い。つらい。喉が焼けそうだ。いや焼けていると思う。

体中が痛くて、寒くて、息をしているだけでしんどい。

こんなことの繰り返しなのだろうか人生は。

ずっと？　一生？

——なにからなにまで真っ暗闇……って歌があったような……すごく古い……。

「おい」

懐かしい声。

空耳だと思った。

「こらバカ。なんで電気つかねーんだここんちは」

熱が見せている夢にしては、久留米の口調はリアルだった。

「こわれ——でんき……」

「ああ？　なんだおまえホントに熱出したのかよ。うわ、なんだこれ。すげーな。死ぬんじゃねーか？　やめてくれよ。おれは結婚式と葬式は嫌いなんだよ」

あれ、と思った。どうやら本物らしい。

本当に、本物の久留米らしい。

いつ入ってきたのだろう。鍵《かぎ》はかけていないことも多い。というか施錠を忘れてしまうことが多いのだ。魚住は防犯に無頓着《むとんちゃく》である。

「ほんとーにおまえは。しょーがねえなぁ……」

暗くて目では確認できないが、声は間違いなく久留米だ。その人影が立ち上がって一度離れた。

「……な」

「ああ？」

「行く……な……」

声などほとんど出ない。

「行かねーよ」

言いながらも離れていく気配が不安で、魚住は霞《かす》みそうになる意識を必死に保つ。久留米の姿を探し、腫《は》れぼったい瞼《まぶた》で瞬《まばた》きをした時、
ふいに明かりがついた。

眩《まぶ》しい。

白っぽい光の中で、のしのしと久留米が戻ってくる。やっと顔が確認できた。眉間《みけん》に皺《しわ》を刻んでいる。機嫌が悪いらしい。でもいい。それでもいいと魚住は思った。なんなら殴られたっていい。

嬉《うれ》しかった。

久留米がいることが。

「バカ。なににやけてんだ、熱で頭おかしくなったか？　まあおまえはいつもおかしいけどな。ほら、飲め。脱水症状起こすぞ」

久留米は缶入りの電解質飲料にストローを突っこみ、魚住の口元に運ぶ。

「ちゃんと自分で持ってろよ。熱測るぞ。……うわ。水浴びしたみたいだなおまえ。ちょっと脱げ。着替えないとどうしようもない」

力強い腕に抱き込まれてパジャマが取り去られ、くにゃくにゃとなすがままの魚住は新しいTシャツとスウェットを着せられた。ベッドに戻され、冷却シートが額に貼られる。多少手つきは粗雑だったが、ひんやりとした感触はとても気持ちがいい。

「三十八度五分。救急に行くってほどでもないか……呼吸、苦しいか？」

それはもう苦しかったのだ、さっきまでは。しかし魚住は「へいき」と答えた。なぜだか本当に平気な気がしていた。久留米が来てくれたのだから、もう大丈夫なのだと思った。久留米は医者でもなんでもないというのに。

「もう十時まわってるしな。ひとまず様子見るか。解熱剤飲め」

抱き起こされ背中を支えられて、久留米の指からカプセルを与えられる。喉に水が落ちていく時、むせそうになって、そのワイシャツにしがみついた。

「ゆっくりでいい」

背中をさすられる。久留米の大きな手に。

「濱田さんから電話があった。風邪で二日休んでるって。死んでるかもしれないから様子見に行ってくれってさ。なんだかな、あの人は。気になるなら自分で行けばいいじゃねーか。どうしておれが指名されんだよ」

久留米のほうがいい。

魚住はそう思ったが、言葉をくちびるに載せられなかった。ただ上半身を久留米にすっかり預けて、いままで感じたことのない安堵《あんど》感《かん》を堪能《たんのう》していた。久留米の胸は奇妙なほどに心地がよく、まるであの狭いアパートのように魚住を安心させた。

そうか……魚住はやっと気がつく。

あの部屋は、久留米がいたから、久留米の部屋だったから居心地がよかったのだ。魚住はあのアパートから離れ難かったのではなく、久留米から離れ難かったのだ。

「おれんとこ出ていくなり死なれたら迷惑だからな。まったく、おまえくらい面倒な奴もそういないぞ。風邪ひいたら医者に行け、クスリ飲め。自己管理しろ」

「ごめ……」

「あー、もう、いい。とりあえず寝ろ。今日はここに居っから」

ふわりと布団の中に戻され、汚れているはずの髪をくしゃりと撫《な》でられた。そのぞんざいな手が、身体の痛みも悪寒も忘れさせる。なんだか自分が小さな子供になった気がした。いや、実際の魚住の子供時代より、いまのほうがずっといい。久留米のいるいまのほうが。

静かな海の底に落ちていくように魚住は眠った。その水は温かで少しも苦しくない。魚住を包み込み、優しく暗い深海に導く。

解熱剤はよく効いた。

久留米はベッドの脇に腰掛け、苦しげだった魚住の呼吸が安定する様子を見守っていた。額の冷却シートを替えてやると、魚住は眠りながらクフンと息をつく。熱で乾いた頬に触れると、柔らかい感触が指先に染み入る。

そのまま指を、荒れたくちびるに滑らせてみる。

なんだか妙な気分になったので、慌てて下唇をつまんで引っ張ってみた。魚住が変顔になったことに安心し、指を離す。そして、おれはなにやってんだ？　と自分に対して少し呆《あき》れる。

小一時間ほど魚住を見守ったあと、久留米も寝ることにした。勝手に毛布を探しだし、クッションを枕に横になる。時間を確認すると、ずいぶん遅くなっていた。明日が休日でよかったとつくづく思いながら目を閉じる。

耳を澄まして、魚住の呼吸を探す。

しばらくはそんなことをしていたのだが、久留米も残業続きで疲れていたため、ほどなく眠りに落ちた。

開けて翌日、昼前になると魚住は起き上がれるようになっていた。

「熱は」

「三十七度六分……うーん、薬ってすごいな」

「油断すんなよ。ぶり返すぞ」

「うん……頭カユイ……おれ、シャワー浴びてく……」

言いかけた魚住の頭を、パァンという音と軽い衝撃が襲う。久留米が持参のスポーツ新聞を丸めてはたいたのだ。

「な、なにすんだよう」

「おまえ人の話聞いてた？　油断すんなって言ってんだろ？」

つまり、まだシャワーは禁止らしい。心配してくれているようだが、新聞で頭を叩《たた》くのは躊躇《ちゅうちょ》しないあたりが、いかにも久留米だ。

魚住は頭をさすりながら洗面所に向かった。せめてタオルで身体を拭《ふ》きたい。電気が回復したのだから、給湯システムも稼働しているはずだ。

それにしてもなぜ突然、電気系統が復旧したのだろう。マンション全体がそうならば停電だろうが、電気がつかないのは魚住の部屋だけだった。不思議である。

熱い湯を出してタオルを絞る。

リビングのほうから、久留米が新聞を捲《めく》る音が聞こえる。

魚住はTシャツを脱いだ。鏡に映る自分を見て、また痩《や》せたなあと思った。あばら骨が浮き出ている貧相な身体が嫌いだった。久留米みたいにしっかりと筋肉がついてるほうが絶対に格好いい。

ほかほかのタオルに、まず顔を埋める。深呼吸すると、しっとりした空気が喉《のど》を癒やす。つづけて、首、脇、胸を拭く。とても気持ちがいい。

そして背中……と思ったのだが、届かない。

「うぎゅ」

変な声が出た。背骨の窪《くぼ》みを拭きたくて、身体を捩《ねじ》っているうちに奇妙な体勢になり、腕が痛んだのだ。魚住は身体が硬い。

「貸せ」

「え」

唐突なその声に目を上げて鏡を見ると、久留米が背後に立っている。びっくりした。こんなに気配のない男だっただろうか？

久留米に肩を摑《つか》まれる。

強く押さえつけられているわけでもないのに、魚住は途端に動けなくなる。温かいタオルが、背中を滑っていく。

肩甲骨の内側。背骨の凹凸。

腰骨まで下がると、魚住の身体が揺れた。

肩にあった久留米の手が、ふいに脇に移る。

「………っ」

声を殺せたのは奇跡に近い。

それくらい、感じた。

こういうのを『電流が走るよう』と言うのかと、魚住は実感した。慣用句のように使い古されているが、自分の身体に起こってみると、まったくもってその通りだった。

それは甘い感電だった。

魚住は初めての感覚に困惑し、「もういい」となかば久留米を振り切った。声が上擦ってしまう。この衝動を久留米に知られたくない。知られてはいけないと思った。

そうか、と久留米はすぐに解放してくれた。

だがまだ洗面所からは去らずに、なにやら天井近くを見上げている。腕を組み、難しい顔をして。

「……なに？」

なんとか息を落ち着け、魚住もつられて上を見る。

久留米はいったん「あぁ」と答えたのち、なにやら深く溜息《ためいき》をついた。

「いいか、魚住」

諭すような声を出す。

「うん？」

「あのな。よく聞けよ。あれはブレーカーというものだ。あのレバーが下がると電気系統が一斉にダウンする。一定量以上の電力を消費しすぎた時、電流回路が遮断されるようになってるんだ。だから、そうなったらまず、どこか一か所スイッチを切って、それからここに来て、あのレバーを上げろ。それだけで電気は戻る。すぐにつく」

「………」

魚住は口を開けたまま、上を眺めていた。

ブレーカー。そういえば、聞いたことがある。

「ハッキリ言って、ブレーカーが落ちただけで死にかけたおまえはバカだ。救いようのないバカだ。小学生だって知っている。涙が出そうなほどの、バカだ」

久留米は三回もバカと言った。魚住は視線をブレーカーから久留米に移し、呆れ果てた顔をしている男を見る。

世の中には魚住の知らないことがまだたくさんあるようだ。

それがなんとなく少し嬉《うれ》しい気がして、うふふと笑ったら、久留米に四度目の「バカ」を言われてしまった。

鈍い男

今年の冬はいつもより寒い気がする。

久留米充はそう思っていたのだが、社員食堂で横に座っていた橘《たちばな》圭子に、

「そんなことないわよ。暖冬なんだもの、今年は」

と言われてしまった。

「そうですか？ おれのあの狭苦しい部屋ですら、なんか寒いんだけど」

「久留米くんそれって、心が寒いからなんじゃないの？ 彼女とケンカしたとか」

鯖味噌煮《さばみそに》定食をかき込む久留米に、圭子は悪戯《いたずら》めいた微笑みを寄越《よこ》す。

「なんですぐそういう話と結びつけるかな。ケンカしようにも相手がいないんですって
……圭子さん、鯖嫌いなんですか？」

「青魚はあんまり」

「じゃ、おれもらう」

「どうぞ。久留米くん、魚食べるの上手ね」

「ええ。実家が海っぺりで、子供の頃から魚ばっかり食べさせられてたもんで。そうい
やぁ、魚食べるの下手なヤツって、いますね……おれの友達もそうで、ヤツが食ってる
と、魚がバラバラ殺人事件みたいになるんですよ。おまけにすぐ骨まで食っちまって、
そのたんびにゲホゲホ言って……」

「ふうん」

だから、たまには久留米がほぐしてやった。

顔ばかり綺麗《きれい》で、とてつもなく不器用な魚住のために。

居酒屋のホッケ。鯵《あじ》の開き。カレイの煮付け。久留米の手元をじっと見ながら、食べられるまで待っているそいつの顔は、「待て」と言われた犬のようでもあった。それを可愛い、などと思ってはいけない。いけないのだ。

「……って、ウチの部長がね」

「……あ、はい」

「あら。聞いてなかったわね？」

「いや、あの。すんません」

「先輩の話を聞かないなんて、経費伝票通さないわよ」

そんなこと言いながらも、圭子の顔は責めるわけでもなく、穏やかである。

久留米より五年早く入社した圭子はまだ古参と呼ぶには早い歳だが、仕事の正確さと速さ、さらに厚い人望で経理部の女子社員の要《かなめ》と言われている。しかも美人なので男性社員からも人気があるが、筋が通っていない理屈をこねたりするとピシャリと拒絶されるため、畏《おそ》れられてもいる存在だった。

「あ、なんか悩んでる。しかも恋の悩み」

「え」

ベージュ系の落ち着いたルージュを載せたくちびるに決めつけられ、久留米は返答に窮する。

「もしかして図星？」

圭子が久留米を覗《のぞ》き込み、無造作に結ったシニョンが軽く揺れた。

「違いますって。仕事でちょっと」

「まあ。お仕事のこと。まあまあ。大変ねぇ」

薄いほうじ茶を啜《すす》りながら、圭子の声音は明らかにからかっている。

「あのですね、圭子さん」

言い訳を考えている久留米を後目《しりめ》に、圭子はトレイを持って立ち上がった。しっかりと張った腰が久留米の顔の真横にある。

「命短し恋せよ男子ってね」

ずいぶん古風な台詞《せりふ》を残し、久留米の肩をポンポンと二回叩《たた》いて圭子は行ってしまった。最後のしば漬けを口に入れたまま、なにか言う間も与えられずに、久留米は圭子の後ろ姿を見送った。

——恋？　なんじゃそりゃ。

そんな気恥ずかしい単語について考える気にもなれない久留米は、ひたすら早く煙草が吸いたくて、お茶を一気に飲んで、むせた。

その日は六時に会議が終わり、残業もせずに帰った。仕事がないわけではなかったが、やる気のほうはまるでなかったのだ。

帰りにコンビニでおでんとビールを買う。おでんが冷めないように久留米は早足で歩く。吐く息はそう白くはない。確かに冬にしては気温は高いのかもしれない。

アパートの前でなんとなく、二階を見る。

外から見上げた自分の部屋は明かりがついていない。あたりまえだ。誰もいないのだから。軋《きし》む階段を上り、鍵《かぎ》を開ける。明かりをつけると、朝落としたままの歯磨き粉チューブが足元に転がっていた。ひとり暮らしとは、そういうものである。

着替えて、居候がいなくなったおかげで常時設置されているこたつに入る。ビールを飲む。おでんを食べる。カラシが足りなくなって、ちょっとムッとする。テレビをつける。つまらない番組ばかりだ。

消す。

なんだか時間を持て余す。思えばこんなに早く帰れたのは久しぶりである。ふと未精算の経費を思い出した。一昨日《おととい》の接待のぶんだ。財布から領収書を出し、そのへんに置いておいたはずだ。が、ない。テーブルの上をガサガサ探す。

「でッ」

肘《ひじ》が背中側の本棚に当たった。無理やりに突っ込まれ、半端に飛び出していた雑誌や本が何冊か落ちてきた。

「か——……痛《い》て……あ？」

　写真がばらまかれていた。

　雑誌の間にでも挟まっていたのだろうか。大学時代のスナップ写真だ。久留米は写真の整理など、生まれてから一度もしたことがないので、こんなふうに部屋のあちこちに埋もれている。

　飲み会の写真らしい。他愛《たあい》のない、かつての日常がそこにあった。

　少し若い自分。いまより日に焼けた顔をしている。酒のせいだけではないだろう。学生の頃は夏の海にもよく行っていた。久留米は一度焼けると、褪《さ》めにくい肌なのだ。当時は恋人だったマリの笑顔。遠慮なく、歯を思いきり出して笑うのはこの頃からのようである。いつの光景なのかよく覚えていない。たぶん、一年めあたりだろう。着ているものから見ると秋くらいのようだ。土鍋《どなべ》らしきものも見える。

　溜息《ためいき》とともに、写真を拾い集める。

　中の一枚を取った時、久留米の手が止まった。

　四角いフレームの隅に、そっぽを向いて写っている男。

　写真を撮っていることに気がついていないのだ。頬杖《ほおづえ》をついて、横顔を見せている。額から鼻、そして顎《あご》、首筋へと流れるライン。さすがにこの距離ではわからないが、この男の睫毛《まつげ》はとても長い。かといって女顔というわけでもない。男くさくもなく、女々しくもない不思議な魅力の顔だちで、女子学生たちの注目を集めていた。

魚住真澄。

この間までこの部屋で暮らしていた厄介者だ。

小綺麗にしていれば、誰もが視線を送ってしまうほどの容貌《ようぼう》をしているのに、着るものに関しては久留米より無頓着《むとんちゃく》である。いや、それだけではない。衣食住、どれをとっても魚住の執着は希薄だ。食に関しては、味覚喪失という状態に陥っていたことすらある。もっとも最近は食べ物に関してはやや執着が出てきたらしい。ただ顔にはそれが出ない。無表情な男なのだ。

住むところにしても、せっかく快適なマンションがあるというのに、この狭苦しい部屋に居座り続けたくらいである。魚住は、ここが好きだったらしい。古いアパートの、ベッドとこたつでいっぱいになるような部屋を、どうして気に入ったのだろう。

つくづく、変な奴だ。

狭いはずの部屋に、余分な空白を感じる。

久留米は写真をこたつの上に粗雑に置き、煙草に火をつける。魚住がいた頃は、我慢することもあった。気管支の強くない同居人は、たまに咳《せ》き込んでいたからだ。自分の部屋なので遠慮はしないが、五回に一回は吸うのをやめたりもしていた。気遣いというより、ほとんど無意識のうちだったかもしれない。

ここで男ふたり暮らすのは、確かに狭かったが、そう嫌なことでもなかった。嫌ではなかったことこそが問題だったのかもしれない。

いつのまにか、目で追うようになっていた。

魚住の細い首。柔らかそうな耳朶《みみたぶ》。青い静脈の透ける手の甲……見つからないように、見ていたのだ。誰に？　魚住にではない。自分自身に気づかれないように、見ていたのだ。無意識というフィルターをかけて。

とはいえ、自分を騙《だま》すのにも限度がある。やがて久留米は自覚してしまった。魚住を見ている自分を。あるいは、見ているだけでは物足りなくなってきている事実を。

だから同居を解消した。

もう鍵を返せと言った時、魚住の表情に変化はなかった。ただ、視線をふ、と下に落として「うん」と小さく答えた。あの長い睫毛が震えていた。

そしていなくなった。

いない。魚住がここにいない。

ぼんやりしていたら、煙草の灰が落ちてしまい、久留米は悪態をつきながら乱暴にこたつ布団をはたく。煙草を揉《も》み消して、頭を本棚にぶつけないように寝転がる。ビールがまわってきたらしい。ひとりで飲んでいるとやたらとピッチが速くなってしまう。どこかの部屋から、テレビのニュース番組の音がかすかに聞こえる。風邪が流行《はや》っているので気をつけろと、アナウンサーが言っている。

——あいつは、風邪ひいてねぇかかな。

そんなことを思った。

——やめろ！

誰かが、叫んでいる。

掠《かす》れ気味のその声を久留米はよく知っている。

——やめ、アッ……や、め、ろって！　放せ、放せ、う、ぐッ。

乱暴に組み敷かれ、髪を摑《つか》まれ、顔を平手で強く殴られている。あの、綺麗《きれい》な顔の口元に血が滲《にじ》んでいる。

必死に暴れても、逃れられない。

のしかかる男は重く、逆らえば逆らうほど逆上していくようだ。

——頼むから……やめ……。

ちぎられたシャツの袷《あわせ》が開き、薄い胸が上下する。必死の抵抗は息を切らすばかりで、なんの甲斐《かい》もない。懇願しても許されることはなく、ベルトが外され、獲物の下肢は露《あら》わにされていく。下着まで取り去られた時、痩《や》せた身体が観念するように脱力した。

おとなしくなった獲物の味を確かめるように、男がくちびるを合わせる。

舌が血を舐《な》め取り、侵入していくのが見える。久留米は自分がどこにいるのかよくわからない。見えるのに、男の乱暴を止められない。

侵略者の顔はぼやけていてわからないが、犯されかかっているのが誰なのか、わかっている。

(圧倒的に相手の力のほうが強いんだ)

魚住はそう言っていた。

(あれはセックスじゃない。暴力なんだ。殴られて、のしかかられて、引き裂かれるんだ。その時おれはただのモノだ。人間じゃない)

淡々と回顧していた。暴行されたという自分の経験を、魚住はまるで昔転んだ話のように、平淡な口調で語った。過ぎてしまったことは仕方ない。久留米もそう思った。どんなに同情しようと、過去は変更できない。どうしようもない。

けれど……けれどいまのこれはなんなのだ?

目の前で魚住が犯されかかっている。なのに自分は止められない。果てのないガラスに隔てられているかのように、見えるのになにもできないのだ。

押さえつける男の力が一瞬緩んだ。

その隙をついて、魚住は逃げを打つ。身体を反転させ、相手の身体の下から脱出を図る。殺されかけた小動物のように必死だ。

――あ、ウッッ!

だが成功しない。

後ろから首を捕らえられ、右腕を捻《ひね》り上げられて動きを封じられてしまう。

そのまま腰だけを上げさせられる。

破れたシャツの絡まる肩がビクリと震えた。

——は、うあッ、や……！

男は犬のように這《は》い蹲《つくば》った魚住に侵入しようとしている。恐怖に竦《すく》んでいる魚住が逃れられないように、背中からのしかかっている。

ぐっ、と腰が進んだ。魚住が声にならない悲鳴を上げて、残った左腕を前に伸ばす。なにかに縋《すが》って逃れようとしている。けれどその手はなにも摑めないまま、痙攣《けいれん》のような震えを見せ……やがてカクンと落ちた。

まるで息絶えてしまったかのように。

ゆっくりと男が動きだす。

魚住の様子が変わってくる。

ぐったりと脱力していた身体は、時折ヒクリと反応する。男の手が魚住の背中を、胸を、脚の間を探る。息すら詰めていた魚住の口が緩く開かれ、痛み以外の感覚を肯定する喘《あえ》ぎが漏れだす。

——あ、う……ンァ……

魚住が侵入されている場所から、女とのセックスのような湿った音が聞こえてくる。

そんな馬鹿な。そこは濡《ぬ》れるはずのない器官なのに。

魚住の性器が勃《た》ち上がっているのがわかる。犯されて、勃起《ぼっき》している。

男の指先に愛撫《あいぶ》されて震え、先端から透明な雫《しずく》を垂らす。男の動きが複雑になる。浅く動いていたかと思うと、いきなり深く突き立てる。

——ア、ああっ。

魚住が仰《の》け反って甘い声を上げる。恍惚《こうこつ》とした顔だった。蕩《とろ》けてしまいそうなそれは、久留米が見たこともない表情だ。男の動きがますます激しくなる。魚住は身体を悩ましくくねらせる。

どういうことだこれは。

嘘だろ。あり得ない。話が違うじゃないか。久留米は混乱していた。

——……め……。

魚住がなにか言った。喘ぎ混じりの言葉はよく聞き取れない。男が、魚住の耳にくちびるを寄せ、そっと噛《か》んだ。魚住がまた声を上げる。

——あ……く、る……め……。

せつない声。

刹那《せつな》、男の顔がはっきりした。

魚住を犯しているのは、自分だった。

目が覚めると、びっしょりと汗をかいていた。

原因がこたつの温度設定などではないことは確かだ。心臓がバクバク騒いでる。

「な」

久留米は思わず言葉に出してしまう。

「なん、なんだ。いまの、は」

起き上がると胸の間を汗が流れていった。額からもだ。暑いからなのか、それとも冷や汗なのか、自分でも判断がつかない。

最低な夢だ。口が裂けても人に言えない。

「なんでおれが魚住を犯さなきゃなんないんだよ……」

自分で自分にげんなりする。どんなに美形だろうと、魚住は男だ。自分も男だ。だからそういうことにはならない。なるはずがない。そう言い聞かせてきたいままでの自分に、もうひとりの自分がジョーカーを突きつけてきたような気持ちだ。しかも久留米の股間《こかん》は如実な反応を示している。もはや言い訳できる状態ではない。

正直なところ、いままで魚住を見ていて、ややもやした気分になったことは皆無ではなかった。ふざけあって押し倒した時の感触を反芻《はんすう》したり、あの薄いくちびるがやたらと気になっていたことは認めよう。だからこそ、魚住を自分のマンションに帰した。そばにいれば、この禁忌的な感情がますます育ってしまいそうで怖かったのだ。

しかし、誓って言うが、暴行したいなどと思ったことはない。

もっとも、夢では途中からすっかり合意の上の行為になっていた。魚住は惜しげもなく喘ぎ声を上げ、快感を表現していた。久留米の名前まで呼んだではないか。いやいやいや、そういう問題じゃない。夢なのだから、都合良く編纂《へんさん》されているのだ。前半は、魚住が暴行されたという過去の事実から呼び寄せられた夢であり、後半は……自分の身勝手な想像にすり替わったのだ。

ますます落ち込む。こたつの上の写真を、思わず裏返す。

「……今回は……おれが悪かった……」

いない男にがばりと頭を下げる。

自己嫌悪の嵐の中、久留米はシャワーを浴びるためにフラフラと立ち上がった。

「どーすんだ、コレ……」

呟《つぶや》きながら、布地を押し上げている分身を見下ろす。

──もしかして、おれは……いや、そんなことは。けど……。

有無を言わせぬ劣情の証拠に、久留米は溜息《ためいき》をつくばかりだった。

今年の冬はいつもより絶対に寒い。

と、魚住真澄は思っていたので研究室でそう発言したところ、

「そんなことはない。今年は暖冬だから」

と、誰しもが口を揃えた。

ヘンだなと思ってよくよく考えてみたら、自分の家の暖房を入れてなかった。あれま、と思って電源を入れようとしたらウンともスンとも言わない。ウウムと思ったま日が暮れて、暗くなってわかったことだが、暖房どころか電気もつかない。

テレビもつかない。

給湯・洗濯機・電子レンジ・電気ポットもしかり。全滅である。真冬に明かりも暖房もなしで過ごすのは、相当に無理がある。少なくとも普通の人間だったら参る。

それでも魚住はやはりウウンと唸《うな》っただけで、解決策を探すことを早々に放棄してしまった。どうせ昼間は自宅にはいないのだし、この暗い雰囲気はいまの魚住自身の気持ちにマッチしていた。不便は不便だが、諦《あきら》めだけはやたらと早い魚住である。

「魚住くんて、いままで友達の——久留米さんっていったっけ？　その人のとこで暮らしていたんですって？」

「ああ……うん」

同じ研究室に所属している荏原響子に聞かれて、魚住は頷《うなず》く。

「今朝、こっちに電話あったわよ。残ってる荷物送るからって」

「久留米から？」

「そう。魚住くんのマンションに送るからって」

「送ってもらうほどの荷物なんかあったかな……」

「服とかみたい。わざわざ送ってもらわなくても、取りに行けばいいんじゃないの？」

でも久留米は送ると電話してきた。つまり自分の顔を見たくないのだろう。

「ん。いいよ。送ってもらう」

「けんかでも、したの？」

心配げな声を出し、響子は魚住の顔を覗《のぞ》き込む。

「そんなことないよ」

魚住はそう答えたのだが、響子はまだ納得がいかない顔でこっちを見ている。

「魚住くんの表情が乏しいのは、いまに始まったことじゃないけど」

「え？　おれ、そんなにわかりにくい？」

「だいたい、いつも同じ顔だもの。ぽわん、としてて喜怒哀楽が読みにくくて……絶対に怒ったり怒鳴ったりしなくて……。私、最近は冷静に思い出せるの。魚住くんはいつも優しかった。多少ちぐはぐな優しさだったりもしたけど、そういう不器用なところも好きだったし」

「……えっと……ありがとう……」

かつてつきあっていた女性に、冷静に分析されるのはいささか妙な気分だった。

「友達には、『ああいうタイプは誰にでも優しいのよ』って言われたけど」

「す、すみません……」

なんで謝るのよ、と響子は笑った。

「魚住くんはすごく穏やかで、優しくて……だから、私が別れたいって言ったときも、すんなり受け入れてくれたのよね。あっさりというか、淡泊というか……あ、これ嫌みじゃないのよ？」

そう言われても、やはり責められているような気分になってしまう。

「なんていうか、執着がないなあって」

「執着……」

「恋愛の別名って、執着じゃないかなあ、なんて思うのね」

「……執着」

「ふふ。二度言った」

響子に笑われてしまった。

たしかにその言葉は、魚住にあまり縁がないように思える。なにかに執着したという記憶がほとんどない。どうしてもほしかったもの、泣いても喚《わめ》いても手に入れたかったなにか……。いくらなんでも皆無ではなかろうが、思い出せない。なにしろ魚住は、現代文明に必須《ひっす》の電力にすら、さして執着していないのだ。

「…………へっくしゅ！」

突然くしゃみが出る。響子が「風邪？」と心配げな顔をした。

「ん。へいき」

魚住はそう答え、少しだけ意識して微笑みを作ってみた。


電気がきていないいま、魚住の部屋は暗くて寒い。

こんな部屋にいると、気持ちまで暗くなる。こういう時にはさっさと寝るべきだ。冷たいベッドにもぐり込み、瞼《まぶた》を閉じる。

そして想像してみる。ここは、自分のマンションではなく、あの狭くて小汚くて、なぜだか暖かい……アパートの一室だと。そういえば、なぜあのアパートはあんなに暖かかったんだろう。

狭かったから。西日が射すから。人間がふたり生活していたから。

ふたり。

自分と、久留米。

久留米はたいていのスポーツはこなす運動神経の持ち主だった。さすがに社会人になって暇がなくなり、多少筋肉は落ちたようだが、それでも引き締まった身体つきをしていた。上背も魚住より高い。よくあんな狭い部屋で大の男がふたりでいられたものだ。

普通はむさ苦しくてイヤになるだろう。

では自分がイヤだったのかというと、そんなことは全然なかった。

魚住はあの部屋がたいそう気に入っていた。

あの部屋は魚住をとても安心させたからだ。

自分の住んでいたマンションも、嫌いということもないのだが、ひとりで住むには広すぎた。家族も犬も亡くしてしまった魚住には、居場所は小さいほうが好ましかった。手を伸ばすと久留米にぶつかってしまいそうな、あの狭い空間こそが最適に思えた。それがどうしてなのかはよくわからない。

つらつらと考えているうちに、浅い眠りに入った。

——誰かが、自分の肌に触れている。

大きな、温かい手。滑っていく。頬。首筋。胸元。

気持ちがいい。なんだろう。この感じ。女の子の手じゃない。女の子の手はもっと柔らかくて、しっとりしている。もう少し骨張った手。長い指。愛《いと》おしむように撫《な》でられる。ゆっくりと。

怖くはない。あの時とは違う。

かつて乱暴に魚住を引き裂いたあの男とは違う。なにもかも違う。大丈夫だと思える。安心できる……彼は自分を傷つけたりはしない。

ふいに覚醒した。

彼とは誰だ？

魚住はベッドの中で自問自答する。

いまのは夢だ。でも触れられる感触は妙にリアルだった。あんなふうに確かに触れられたことは、魚住の記憶の限りではない。だが先日、不覚にも酔っぱらって、濱田の部屋で休ませてもらった時、どうもなにかをされたらしい。しかも身体はそれに反応を示したのだ。簡単に言うと、勃《た》ってしまったわけである。

誰かに、与えられる愛撫《あいぶ》。

たとえば、男性から女性へ。あるいは一部では男性から、男性へということも……。

「男に触られたら……気持ち悪い、よな？」

返答する人間など誰もいない部屋で魚住は呟《つぶや》く。

本当に？　本当に気持ち悪いのか？　それがあいつであっても？

確かめるために、再び目を閉じる。

自分のパジャマの前ボタンを外して、右手の指先を動かしていく。

これは、あいつの指先。……知られたら、きっと怒鳴られる。想像の中とはいえ、好き勝手されてるなんて、知られたらぶん殴られるかもしれない。

でもいまだけ。いまだけ、これは彼の指だ。

喉仏《のどぼとけ》を軽く押して、鎖骨をなぞり、胸に下りて……いつのまにか芯《しん》を持ったように硬くなっている小さな粒を、ほんの弱い力で、

「……ッ」

ヒク、と肩が上がった。

鼻からやけに甘ったるい息が抜ける。こんな箇所でこんなふうに感じたことはない。いままでだって、戯れる女の子たちにその突起を舐《な》めたりされたことはあるが、擽《くすぐ》ったかっただけだった。それがいまは、はっきりとした性感になっている。二本の指の間に挟んで、少し引っ張る。気持ちのいい痺《しび》れを感じる。

指を一度そこから離して、薄く開いた口から舌を出した。

指先に唾液《だえき》を与えて、再び胸に戻す。指先は乳首の上でぬるり、と滑り、予想以上の快感を与えた。舐められたら、こんな感じなのかな……そう考えた途端、自分を組み伏せて、そこに舌を這《は》わせる彼の映像になった。

うわ、やばい、と思う。

あの、硬くすべらかな筋肉質な身体。しっかりした腕。大きな手の、その長い指に腕を強く摑《つか》まれ、ベッドに押しつけられて……。

「……くる、め」

名前をくちびるに載せたら、もうだめだった。まずいだろ、これはまずいだろと胸中で繰り返しながら、けれど止まらない。ズボンと下着を膝《ひざ》まで下ろし、とっくに反り返っていた自身に指を絡める。熱い。そこだけではない。体中が熱い。

息があがる。動悸《どうき》が激しい。

この狂おしい熱はどこからくるのか？　いままで自慰をしていて、ここまで高揚したことはない。いや、女の子とセックスしている時だって、こんなにも大きな熱と情欲を抱えたことがあっただろうか？

「……っ」

握り込むとすぐに達してしまいそうだった。仰向《あおむ》けていた身体を横向きにし、喘《あえ》ぎのような吐息を逃がす。指の力を緩める。いったい自分はなにをしているんだ、と頭の隅で考える。考えながらも、行為は止まらない。

行為自体が問題なのではない。ネタとなっている対象が問題なのだ。人差し指だけを、そっと先端に触れさせる。

「ふ、あ……」

触れた途端に先走りが溢《あふ》れた。粘りをもった液体が茎の部分をゆっくり伝ってゆき、根元の濃くはない茂みに消える。グランスだけをぐるりと撫でると、粘液が分散してその部分をますます過敏にする。

背中の筋肉がビクビクと震えた。

どうしよう。魚住は困惑した。

どうしよう、これは、とんでもなく気持ちがいいかもしれない。いくのがもったいないくらいイイ。でも続けたい、すごくイイから。でも続けていたら、すぐに終わってしまいそうで、それはもったいないし、でももう、手を止めることもできなくて……。

(いけよ、ほら)

「んッ」

背中が撓《たわ》んだ。

幻聴だとわかっている。その声はぶっきらぼうで、意地悪で、少しからかっているような、そしてとても耳に心地よくて。

(気持ちいいんだろ? 我慢すんなよバカ。いっちまえって……)

「あ、あ、ア」

手が、止まらない。

言うことを聞かない。自分の手ではないかのように。

こんなことあるはずがない。無意味な妄想だ。久留米が自分を抱くはずがない。

わかってる。

わかってる、けれど——。

刹那《せつな》、全身に甘い痙攣《けいれん》が走る。

その衝撃に、息もできない。脈動と同じリズムで迸《ほとばし》る熱い液体が、魚住の腹を汚す。

身体の芯が、蕩《とろ》けそうだった。すべて出しきって、脱力しても、まだ動けないでいる。

自分のものを握ったまま、荒い息を吐く。額に浮いていた汗が、自重に耐えかねてつるりと流れていくのがわかる。

「……うわ……やっちゃったよ……」

動いた拍子に、シーツに零《こぼ》れそうになった自分の精液を手のひらで受けながら魚住は嘆息した。自分でも驚いていた。

この事態を、自分の気持ちを、どう整理したらいいのかわからない。

自分は久留米とやりたいということなのだろうか？　実はゲイだったのだろうか？　抱きしめられて、キスされたり、あんなふうに触られて、いかされて、それどころか、挙げ句の果てにあんなとこにあんなモノをいれられたりとか。

「いや、それは……」

無理だと思った。排泄《はいせつ》器官なのだから、そもそもそこは。

魚住が合意ではないセックスをある男から強要された時も、全部は入り切らなかったのだ。暴力的に犯された魚住も死にそうだったが、相手も挿入にかなりの痛みを感じたらしく、途中で諦《あきら》めて抜いた。男性同士の性行為に関する知識が乏しかったらしく、事前の準備はなにもなかった。

もし久留米のそれが入ったりしたら……魚住は想像する。

居候していた折、ふとした弾みで見てしまったことがある。もちろん平常時のそれではあったが、日本人男性の平均的な膨張率を考慮した場合、臨戦時にどうなるか想定するに……。

「無理。むりむり」

声に出し、三回も言ってしまう。

女の子のように、受け入れる場所があればよかった。

そうしたら、なにもかも委《ゆだ》ねられたのに。安心して迎え入れられ、いっぱいに充《み》たされ……それはいったい、どんな感じなんだろう？

その時、心と身体は、どんなふうになるんだろう？

自分の中に他人を迎え入れる感覚は、魚住にわかるはずもない。それ以前に魚住は、自分が好きになった相手と抱き合ったことさえないのだ。

要するに、まともな恋愛経験がない。改めて自覚すると、多少情けない気分になる。

ガサガサと、ティッシュで局部と手を拭《ふ》く。薄い紙が手のひらに貼りついて、なかなか取れない。ますます情けなさに拍車がかかってくる。

一通りの始末が終わると、ものすごい疲労感が襲ってきた。

「……ごめん、久留米……」

いもしない相手に謝り、魚住はバタリと布団に倒れたのだった。

本書は二〇〇〇年六月に光風社出版より刊行された文庫『夏の塩　魚住くんシリーズ1』、二〇〇九年八月に大洋図書より刊行された単行本『夏の塩』収録分のうちの一部を、加筆修正の上、文庫化したものです。

この作品はフィクションです。実在の人物、団体等とは一切関係ありません。

夏《なつ》の塩《しお》

魚住《うおずみ》くんシリーズ I

榎田《えだ》ユウリ

平成26年 7月25日　初版発行

発行者●堀内大示

発行所●株式会社KADOKAWA
〒102-8177　東京都千代田区富士見2-13-3
電話 03-3238-8521（営業）
http://www.kadokawa.co.jp/

編集●角川書店
〒102-8078　東京都千代田区富士見1-8-19
電話 03-3238-8555（編集部）

角川文庫 18654

印刷所●株式会社暁印刷　製本所●株式会社ビルディング・ブックセンター

表紙画●和田三造

ISBN978-4-04-101771-5　C0193

角川文庫発刊に際して

角川源義

第二次世界大戦の敗北は、軍事力の敗北であった以上に、私たちの若い文化力の敗退であった。私たちの文化が戦争に対して如何に無力であり、単なるあだ花に過ぎなかったかを、私たちは身を以て体験し痛感した。西洋近代文化の摂取にとって、明治以後八十年の歳月は決して短かすぎたとは言えない。にもかかわらず、近代文化の伝統を確立し、自由な批判と柔軟な良識に富む文化層として自らを形成することに私たちは失敗して来た。そしてこれは、各層への文化の普及滲透を任務とする出版人の責任でもあった。

一九四五年以来、私たちは再び振出しに戻り、第一歩から踏み出すことを余儀なくされた。これは大きな不幸ではあるが、反面、これまでの混沌・未熟・歪曲の中にあった我が国の文化に秩序と確たる基礎を齎らすためには絶好の機会でもある。角川書店は、このような祖国の文化的危機にあたり、微力をも顧みず再建の礎石たるべき抱負と決意とをもって出発したが、ここに創立以来の念願を果すべく角川文庫を発刊する。これまで刊行されたあらゆる全集叢書文庫類の長所と短所とを検討し、古今東西の不朽の典籍を、良心的編集のもとに、廉価に、そして書架にふさわしい美本として、多くのひとびとに提供しようとする。しかし私たちは徒らに百科全書的な知識のジレッタントを作ることを目的とせず、あくまで祖国の文化に秩序と再建への道を示し、この文庫を角川書店の栄ある事業として、今後永久に継続発展せしめ、学芸と教養との殿堂として大成せんことを期したい。多くの読書子の愛情ある忠言と支持とによって、この希望と抱負とを完遂せしめられんことを願う。

一九四九年五月三日